사랑이
사랑에게

초판 1쇄 발행 2006년 5월 30일 초판 31쇄 발행 2012년 12월 21일

지은이 최숙희 펴낸이 연준혁

출판 4분사 팀장 김남철
디자인 차기윤
제작팀 이재승

펴낸곳 (주)위즈덤하우스 출판등록 2000년 5월 23일 제13-1071호
주소 경기도 고양시 일산동구 장항동 846번지 센트럴프라자 6층 전화 031-936-4000 팩스 031-903-3891
전자우편 yedam1@wisdomhouse.co.kr 홈페이지 www.wisdomhouse.co.kr
출력 엔터 종이 화인페이퍼 인쇄·제본 영신사

값 9,500원 ISBN 89-5913-159-8 03810
* 잘못된 책은 바꿔드립니다.

사랑이 사랑에게

sweet sweet sweet love...

최숙희 지음

예담

첫 줄을 쓰는 게 가장 어렵다.
'사랑이... 사랑에게'를 쓸 때도 첫 말문을 여는 데 시간이 가장 오래 걸린다.
어떤 얘기부터 어떻게 시작을 하면 좋을까,
이 글 역시 어떤 얘기로 시작해야 할지 고민이 된다.

새로운 사랑 코너를 구상 중이던 어느 날,
지하철을 타고 앉아 가는데
바로 옆에 앉아 있던 연인이 티격태격 다투고 있었다.
남자는 여자의 마음을 풀어주려고 애를 썼지만
여자는 다 먹은 과자 봉지로 비행기만 접고 있었다.
지하철에서 내려 시내 한 서점 앞에서 만나기로 한 친구를 기다리고 있는데 한 남자가 다가와 길을 물었다.
어느 카페를 아느냐고 물은 것 같다.
남자의 표정은 처음 만나기로 한 사람과의 약속 시간에 늦은 것처럼 다급해 보였다.
내가 잘 모르겠다고 하자, 남자는 지나가는 다른 남자에게 다시 길을 물었다.
친구를 만나 리어카에서 파는 떡볶이와 순대를 먹고 있는데 한 여자가 리어카 안으로 들어오더니 떡볶이 1인분을 시키며 전화를 받았다.

잠깐 잠깐 들리는 내용으로 미루어 짐작건데 남자친구가 갑자기 약속을 지키지 못할 일이 생긴 것 같았다.

그날 난 많은 사람들을 만났다. 아니, 많은 사람들과 스쳤다.

횡단보도를 건너다가 많은 인파 속에서 내 발을 밟고는

미안하나며 목례를 하고 스쳐 지나가던 사람,

호프 집에서 친구와 찍은 사진 속에

뒤통수가 보이던 뒤 테이블에 앉은 사람,

술에 취해 벤치에 홀로 앉아 있던 사람,

흔들리는 마을버스 손잡이를 잡고 꾸벅꾸벅 졸던 사람,

나와 같은 정거장에서 내리는지 나보다 먼저 벨을 누르고 일어서던 사람,

또각또각 하이힐 소리를 내며 내 뒤에서 걸어오던 사람,

"잠깐만요" 하는 소리와 함께 아파트 엘리베이터에 올라타더니

내가 사는 6층보다 한 층 아래층인 5층 버튼을 누르던 사람...

그날 밤, 문득 궁금했다.

그 여자와 남자는 왜 다퉜을까,

그 남자는 초행길인 그곳에 왜 왔을까,

전화받던 여자의 남자친구는 왜 갑자기 약속을 못 지키게 되었을까,

그리고 그들은 왜 거기에 그렇게 있었을까,

그들의 눈에 비친 난 행복한 사람이었을까 불행한 사람이었을까

궁금했다.

오늘 나와 스친 사람들의 사랑이... 궁금했다.

나만큼 아픈지, 나만큼 슬픈지, 나만큼 울고 싶은지...

나만큼 행복한 사랑을 소망하고 있는지...

순간, 깨달았다.

나만 사랑하고 있는 건 아니구나,

나만 사랑 때문에 심장이 면도날에 벤 듯 아픈 건 아니구나,

나만 내일의 완전한 사랑을 꿈꾸고 있는 건 아니구나...

그래서 '사랑이... 사랑에게'가 만들어졌다.

하루하루 이어지는 사랑 이야기...

마치 배턴을 이어받아 달리는 릴레이 선수가 된 기분으로

하루하루 사랑이... 사랑에게 하는 말을 썼다.

그리고 지금도 여전히 배턴을 손에 쥐고 달리고 있다.

내 바로 옆에 있는 누군가도 사랑하고 있다.

그 누군가의 옆에 있는 누군가도 사랑하고 있다.

그런데 우리는 내 사랑밖에 보지 못한다.

그래서 같은 시간, 같은 공간, 내 곁을, 당신의 곁을 스친

다른 사람들의 다른 사랑을 이야기하고 싶었다.

그 안에서 나의, 당신의 사랑을 객관적으로 바라본다면

나의, 당신의 사랑이 지금보다는 조금 더 안심되지 않을까,

지금보다는 조금 더 위로가 되지 않을까,

지금보다는 조금 더 행복하지 않을까 하는 마음에서…

끝으로 '사랑이… 사랑에게'를 매일 밤 기다려주는 달콤 가족들,
가슴에 콕 박히는 음악으로 '사랑이… 사랑에게'에
생명을 불어넣어준 고고~ 고민석 PD,
사진으로 더 많은 얘길 전해준 센스쟁이 차차~ 명선 작가,
행간에 숨은 이야기까지 읽어내는 참 고운 목소리 달콤 DJ 지영,
새로이 한 배를 타게 된 스마트한 웁스~ 손승욱 PD,
힘든 부탁 들어준 건형이, 원 박사님, 클래지콰이 호란,
그리고 언제나 내 편이 되어준 든든한 나의 가족과
서로의 삶을 반씩 나누어 가진 세상에 단 하나뿐인 나의 반쪽에게,
이 책이 나오기까지 아낌없이 격려해주고 응원해주신 모든 분에게
감사의 마음을 전합니다. 고맙습니다.

2006년 봄
최숙희

contents

chapter 1 한 송이 장미를 보살피듯 사랑하고 싶습니다

chapter 2 사랑은 깊이를 알 수 없는 바다와 같습니다

chapter 3 가까이 있어도 늘 그리운 마음이 바로 사랑입니다

chapter 4 사랑이 일상이 되는 것만큼 행복한 일은 없습니다

chapter 1

한 송이 장미를 보살피듯 사랑하고 싶습니다

#001
고백받은 여자

글쎄, 내일까지 대답을 해달래요.
좀 건방진 고백이라는 생각이 들긴 했지만
어색한 분위기를 잘 참아내지 못하는 성격 때문에
빨리 얘기를 끝내고 싶었을 테고,
급한 성격 때문에 지금 당장 대답해달라고 말하고 싶었지만
그래도 생각할 시간을 준다고 준 게, 아마 단 하루일 거예요.
다른 멋진 말도 많고 멋진 장소도 많고 멋진 선물도 많은데
그 사람은...
수없이 연습하고 마음속으로 반복했을 그 말을
그냥 툭, 뱉어버립니다. "우리, 사귀자."
점심시간, 학교 앞 식당에서 순두부 백반을 앞에 두고 날계란을 하나
내 뚝배기에 툭, 깨뜨려 넣어주면서
고백이라고 한다는 말이... "우리, 사귀자."
다섯 음절 똑같은 음으로... "우리, 사귀자."
그러고는 내 눈과 한 번도 마주치지 못하고
순두부에서, 흰 쌀밥에서, 눈을 떼지 못합니다.
마치 순두부에게 사귀자고 말한 사람처럼 말이죠.
그러고는 아르바이트가 있어서 가봐야 한대요.
나도 뭐라고 대답을 해야 할 것 같은데
뾰족하게 생각나는 대답이 없어서... 그냥 엉뚱한 말만 했습니다.
저기 리어카에서 장미라도 한 송이 사달라구요.
"두 분, 특별한 날인가 봐요?
그럼 백 송이죠! 장미는 백 송이가 함께 있어야 아름답거든요."

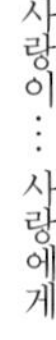

"그냥 한 송이만 주세요."

혹시나 난생 처음 장미 백 송이를 받는 게 아닐까 하는 기대심에
땅만 내려다보고 서 있는데
그 사람은 한 송이만을 주문합니다.
집으로 돌아가는 길,
지금 내 손에는 비닐 포장에 보라색 리본을 단 장미 한 송이가 들려 있습니다.
그런데 아무리 생각해도 모르겠어요.
내일까지 대답해달라는 그 당당함은 도대체 어디서 나온 건지...
그런데... 그런데 말이죠.
기다리던 순간이 내 눈 앞에 펼쳐졌는데
여자라면 한번쯤 튕겨야 하는 게 아닐까 하는
겁 없이 용감한 생각이 드는 건 왜일까요?
그래도 될까요? 그래도 사랑이 내 편이 되어줄까요?

사랑이... 사랑에게 말합니다.
백 송이의 장미를 보살피는 것은 너무 힘든 일이라고,
한 송이의 장미를 정성껏 보살피는 사랑을 하고 싶다고...

#002
꽃을 파는 남자

올 시간이 됐는데 아직 감감무소식이네요.

요 며칠 너무 늦게까지 있었더니 감기에 몸살 기운까지... 죽겠어요.

감기에 걸리는 건 정말 어느 찰나인 것 같아요.

찬 공기를 꿀꺽 삼켜버린 그 찰나,

몸속에선 온도가 다른 녀석의 출연을 반가워하지 않고

바로 이상 현상을 나타내죠.

그럼 감기에 걸린 겁니다.

그녀도 나와는 온도가 나른 사람 같아요. 체온이 다른 사람 같습니다.

몇 주일 전이었어요.

밤공기가 너무 차가워서 따뜻한 캔 커피를 하나 사러 그녀가 일하는

편의점에 갔습니다.

온장고를 열고 맨 앞줄에 있는 캔 커피를 하나 집어 들었는데

그녀가 종종걸음으로 다가오더군요.

그러더니 "그건 금방 넣어서 덜 따뜻할 거예요" 하면서

저 깊은 곳에 있는 커피를 하나 꺼내서 건네주었습니다.

순간, 그녀가 꺼내준 캔 커피보다 그녀의 마음이 너무나 따뜻해서

그만 덥석 손을 잡아버릴 뻔했어요.

그날부터 그녀가 더 좋아졌습니다.

그녀는 일주일에 한 번씩, 아르바이트가 끝나고 집으로 가는 길에

여기에서 세 다발에 만 원 하는 소국을 한 다발만 사 갑니다.

오늘쯤 올 것 같아서... 세 다발 분량을 한 다발로 만들어놓았는데

그녀가 오질 않네요.

손님이 왔습니다. 연인처럼 보이는데, 어쩐지 오래된 연인 같아요.

남자는 얼큰하게 술에 취해 장미를 사주겠다고 하고,
여자는 괜히 쓸데없는 데 돈 쓰지 말라는군요.
장미... 쓸데없는 일...
처음엔, 처음엔 말이에요. 이 연인에게도 장미가... 쓸데 있는 일인 적이 있었겠죠.
어제는 한 송이씩이라도 사 가는 사람들이 꽤 있었는데
오늘은 손님이 없네요.
아무래도... 오늘은 그녀가 오지 않으려나 봐요.
몸도 안 좋고... 이만 접고 들어가야겠습니다.
저기... 저기... 그녀가 걸어오는 것 같은데요. 그런데 오늘은 누구랑 같이 오고 있어요.
편의점에서 같이 알바하는 녀석 같기도 하고 잘 모르겠습니다.
아무튼 그녀가 오기 전에 빨리 짐을 정리하고 가야겠어요.
그녀의 옆에 있는 사람... 그 사람이 누군지 하나도 궁금하지 않습니다.
이제 그녀에겐 더 이상 꽃을 팔고 싶지 않아요. 선물하고 싶습니다.
그녀가 좋아하는 소국 한 단,
오늘은 꼭 선물하고 싶었는데... 다음에 해야겠어요.
오늘은 몸이 너무 아프니까, 마음마저 아파지기 전에 빨리 자리를 떠야겠습니다.

사랑이... 사랑에게 말합니다.
도망가지 말라고,
도망가려 할수록 제자리로 돌아오게 된다고...

#003

하트를 잃어버린 여자

아무리 찾아도 없어요.
분명히 잘 둔다고 뒀는데 도무지 생각이 나질 않아요.
책상 서랍을 통째로 뒤집어도 안 나오고,
들고 다니던 가방을 하나씩 다 뒤졌는데도... 없습니다.
도대체 어디로 가버린 걸까요?
며칠 전, 친구들과 맥주 한잔 하러 '원탁의 기사'에 갔었어요.
그런데 하필이면 화장실에서 손을 씻고 있을 때 전화벨이 울렸습니다.
젖은 손으로 청바지 주머니에 있는 휴대폰을 급하게 꺼내다가
그만 휴대폰 걸이를 뚝, 끊어 먹었어요.
그 사람이 하트 모양 목걸이 펜던트를 가지고
특별히 주문해서 만들어준 휴대폰 걸이인데...
사.라.져. 버렸네요.
도.망.가. 버렸네요.
그 사람이 사라져버릴까 봐... 도망가버릴까 봐... 겁이 나요.
왜, 그런 물건 있잖아요.
잃어버리면 그 사람을 잃어버리게 될 것 같은 물건,
그 사람과 동일시되는 물건,
그래서 집착하게 되는 물건...
그런 거거든요, 나한테 그 하트 펜던트는.
사실 요즘 좀 이상해요.
아무래도 그 사람한테 무슨 일이 일어나고 있는 것 같아요.
자주 술을 마시고,

늦은 시간 술에 취해 찾아와서는 안 하던 말을 하고,
안 하던 행동을 하고…
어제는 생전 무드라고는 없는 남자가
꽃을 사준다고 난리를 피우지 않나
아무래도 이상해요. 아니 수상합니다.
술도 못하는 사람이 술을 마셔야 하는 일…
택시비가 세상에서 제일 아깝다는 사람이 한밤중에 불쑥 택시를 타고 나를 찾아와야 하는 일…
그리고 미안하다면서 장미를 사주어야 하는 일…
그런 일이 뭘까요?
혹시 지금 내가 상상하는 일이 진짜 그 사람에게 일어나고 있다면,
그렇다면… 그래서 이젠 날 사랑하지 않는다고 밀한다면,
다른 누군가가 마음을 열고 들어왔다고 말한다면,
그러면… 어떡하죠?
하트 펜던트… 휴대폰 걸이… 하트… 하트… 하트… 찾아야 돼요.

사랑이… 사랑에게 말합니다.
심장에게 물어보라고,
넌 아직 그 사람을 사랑하는지…

#004
문자를 기다리는 여자

오늘 하루 종일 바쁜 걸까요?
내 전화번호를 모르는 걸까요?
분명히 입력해줬는데 지워버린 걸까요?
설마 아무것도 기억하지 못하는 건… 아니겠죠?
아침부터 지금까지 내내 기다렸어요. 그 오빠의 문자 메시지.
그런데 다 쓸데없는 문자들만 오네요.
어제 잘 들어갔느냐는 친구의 문자, 고맙긴 하지만 오늘은 별로 반갑지 않아요.
어제 친구가 갑자기 맥주나 한잔 하자고 불러냈어요.
그래서 그 자리에 갔는데, 가지 말아야 했나 봐요.
솔로들끼리 월동준비나 하라면서
얼마 전 여자친구와 헤어진 자기 과 선배를 나에게 소개해줬어요.
물론 친구는 장난이었을 수도 있어요.
그런데 그 장난에 난 조금 당황했고, 왜냐하면 나쁘지 않았거든요.
마음에 들었거든요, 그 오빠가…
그 오빠도 그런 줄 알았는데… 아니었나 봐요.
그런데 왜 연락한다고 전화번호는 물어봐서
사람을 이렇게 바보로 만드는지… 참 나쁜 남자네요.
어, 문자가 왔어요.
대출 서비스에 관한 안내 문자예요.
요즘 나한테 대출을 해주겠다는 데가 왜 이렇게 많은지 모르겠어요.
난 지금 그 사람을 대출받고 싶을 뿐입니다. 평생 무이자로…
아니, 내가 왜 이런 생각을 하고 있는 거죠?

이런 내가 너무 싫어요.

기분 전환할 겸 양치질이나 해야겠어요.

세면대 위에 걸려 있는 거울 속의 내가 날 보고 웃네요.

그리고 타이릅니다.

정신 차리라고, 어제 술김에 한 얘기일 거라고.

어쩌면 여자친구와 헤어지고 나서 허한 마음에

너한테 잠깐 기대고 싶었을지도 모른다고...

사실은 어제 그 맥주 집에서 하트 펜던트를 주웠거든요.

그래서 분명 운명일 거라고... 인연일 거라고... 믿었나 봐요.

또 문자가 왔어요. 컬러링을 다운받으라는 문자네요.

이러면 안 되는데... 궁금해요.

그 사람의 컬러링은 뭘까, 어떤 음악일까.

사랑이... 사랑에게 말합니다.

기다리지 말라고,

기다릴수록 그리움만 기하급수로 커진다고...

#005
자신 없는 남자

내가 먼저 말했어요.

시간을 좀 갖자고, 당분간 친구처럼 지내보자고.

하지만 알고 있습니다. 우리가 헤어졌다는 걸...

어쩔 수 없었어요.

이번 시험만큼은 될 줄 알았거든요. 붙을 줄 알았어요.

더 이상 실망하는 그녀의 눈빛을 볼 자신이 없었습니다.

막막한 미래에 대한 불안함을 애써 감추려는 그녀의 노력을... 끝내 주고 싶었어요.

그녀가 나를 지겨워하기 전에,

떠나버리고 싶은 나를 떠나지 못하고 힘들어하기 전에,

그녀를... 놓아주고 싶었어요.

갑자기 왜 그러느냐는 그녀에게

사람이 싫어지는데, 사랑이 식어버리는 데, 꼭 특별한 이유가 있어야 하느냐고... 마음에도 없는 못된 말을 해버렸습니다.

우리가 처음 카푸치노를 마신 그 카페에서

마지막 카푸치노를 마시며 그녀가 울더군요.

늘 웃던 그녀가 눈물을 뚝뚝...

주위에 앉아 있던 다른 사람들의 시선이 느껴졌어요.

누가 봐도 뻔한 스토리잖아요.

남자는 헤어지자고 하고, 여자는 갑작스런 이별에 눈물을 흘리고...

지금 난, 나 하나를 감당하기도 벅차요.

취직을 해야 할지, 유학을 가야 할지, 다시 공부를 시작해야 할지...

답답하기만 합니다.

담배만 늘고, 생각하는 시간만 많아지고...

머릿속이 너무 복잡해요.

그래서 며칠 전에 아르바이트를 시작했습니다.

단순해지기 위해서,

그녀를 끊어버린 금단현상을 이겨내기 위해서.

사람들에게 DM 발송을 하고 문자 메시지를 전송하는 일인데

받는 사람들은 좀 짜증이 날 수도 있겠지만

지금의 나에겐 다른 사람을 배려할 여유가 없습니다.

오늘도 컬러링을 다운받으라는 메시지를 전송했는데

일을 하다가 문득 이런 생각이 스쳤어요.

어쩌면 불특정 다수 속에 그녀가 포함되어 있을지도 모른다는,

내가 보낸 문자 메시지를 그녀도 받았을지 모른다는 그런 생각...

물론 그녀 성격에 귀찮아하면서 바로 지워버렸겠죠.

그녀도 아직 우리의 이별을 실감하지 못하고 있을까요?

바보 같은 나처럼...

사랑이... 사랑에게 말합니다.

보지 않고도 살 수 있다면 사랑한 게 아니라고,

사랑했다면 곁에 두고 싶은 거라고...

#006
내리지 못하는 여자

또 지나쳐버렸네요.
딴생각을 하다가, 혹은 눈을 감고 멍하니 있다가
한두 역을 훽 지나쳐버리는 일…
요즘 내게 자주 있는 일 중 하나예요.
며칠 전에는 지갑을 잃어버려서 카드사마다 신고를 하고,
어제는 휴대폰 잃어버렸다고 난리를 쳤는데,
집에 가서 보니 현관 앞 신발장 위에 얌전히 놓여 있더라구요.
그것뿐만이 아니에요.
저녁 시간에 카페에서 아르바이트를 하는데
주문은 주문대로 받고, 커피는 내 마음대로 갖다 주고 그래요.
아무래도 정신이 그 사람을 따라서 입대를 해버렸나 봐요.
며칠 전에도 어떤 연인이 카푸치노 두 잔을 주문했는데,
또 그 사람 생각을 하다가
밥은 잘 먹고 있는지 아프지는 않은지 잠은 잘 자는지…
그러다가 시키지도 않은 카페 라떼 두 잔을 갖다 줬어요.
정신을 차린 후, 아차 싶어서 바꿔주려고 했는데
망설이다가 그냥 가만히 있었어요. 여자가 울고 있었거든요.
그 커플이 나간 다음 봤더니 두 잔 모두 그대로 있더군요.
다행이다 싶었죠.
어쩌면 두 사람은 카페 라떼를 보면서
카푸치노 거품이 다 꺼져버렸다고 생각했을지도 모르겠어요.
두 사람의 꺼져버린 사랑처럼요.
우리의 사랑도 언젠가 그렇게 될지도 모른다는 불안한 상상,

그런 상상을 하다가... 어, 또 역을 지나쳐버렸어요.
사실은 아직 용기가 나지 않아요.
그 사람이 늘 데려다주던 그 역에 혼자 내릴 용기...
헤어지기 싫어서 한 얘기를 또 하고... 또 하던,
추억이 고스란히 묻어 있는 옥수역 벤치를 무심히 지나칠 용기.
옥수역에선 강이 보여요.
강이 보이는 역 벤치에 앉아서
그 사람은 "다음 거 타고 갈게" 이 말을 계속 반복하다가
결국 늘 막차를 타고 갔어요.
지금 그 사람이 있는 그곳에서도 이 하늘이 보일까요?
그 사람도 내가 보고 있는 저 별이 보일까요?

사랑이... 사랑에게 말합니다.
정신 잃은 사랑을 할 수 있을 때 마음껏 하라고,
보고 싶은 사람이 있을 때 마음껏 보고 싶어 하라고,
카푸치노 거품처럼 꺼져버리기 전에...

3

#007
샌드위치 파는 남자

오늘은 또 어떤 핑계를 댈까요?
친구의 생일 파티? 가족 모임? 감기몸살에 두통?
차라리 솔직하게 얘기를 해줬으면 좋겠습니다.
나를 피하는 이유, 여기에 오지 않는 이유…
오늘따라 유난히 바람이 많이 부네요.
강바람이 불어와서 그런지 이곳 옥수역은 참 춥습니다.
처음 샌드위치 장사를 시작할 땐 그녀가 나의 든든한 후원자였어요.
내가 만든 샌드위치가 세상에서 제일 맛있다면서
평생 이런 샌드위치만 먹고 살았으면 좋겠다고 하던 그녀가
이런저런 이유들을 대면서 며칠째 오지 않습니다.
그녀가 오지 않으니까 사람들이 내 눈치를 살펴요.
아침마다 신문과 따뜻한 우유를 배달해주는 옆 가판대 누나,
해질 때쯤이면 비둘기에게 먹이를 주는 청소하시는 아저씨,
지하철에서 내리는 여자마다 다 자기 스타일이라는 우기는 귀여운 공익근무요원,
다들 며칠째 내 눈치만 슬슬 살피면서
샌드위치 하나 먹어보자는 말을 못 하네요.
오늘은 내가 먼저 불러서 하나씩 만들어줘야겠습니다.
혹시 모르잖아요.
마음을 착하게 쓰면 그녀가 와줄지도…
어, 그런데 진짜 손님이 왔네요.
"샌드위치… 오늘은 하나만… 주세요."
한 번도 말을 나눈 적은 없지만 자주 본 손님이에요.

늘 샌드위치 두 개를 사서 막차를 기다리는 사람들이거든요.
꼭 저 벤치에 앉아서요.
내가 물었습니다.
"며칠 안 보시던데... 그런데 오늘은 왜 혼자세요?"
"군대 갔어요... 그런데 왜 오늘은 혼자세요?"
아마 이 여자 분도 그녀를 봤나 봅니다.
그러니 그녀의 안부를 묻는 거겠죠.
"안 오네요... 이유는 모르겠어요."
이유를 모르겠다고 입 밖으로 말해버린 순간, 알았습니다.
그녀가 오지 않는 이유... 그걸 내가 알고 있다는 걸요.
창피했나 봐요.
며칠 전에 내가 잠깐 화장실에 다녀온 사이,
고등학교 동창을 우연히 여기에서 만났다고 했거든요.
알아요, 내 마음이 다칠까 봐 말하지 못하는 거겠죠.
가슴이 망치로 맞은 것처럼 아픕니다. 멍이 들 것 같아요.

사랑이... 사랑에게 말합니다.
말할 수 없는 마음을 굳이 말하려고 애쓰지 말라고,
말하지 않아도 알 수 있는 게 진짜 사랑이라고...

#008
망설이는 여자

왜, 그런 날 있잖아요,
내 차림이 마음에 안 들어서 빨리 집에 들어가고 싶은 날.
오늘이 그런 날이었어요.
아침에 늦게 일어나는 바람에
머리도 못 감고, 옷도 대충 입고, 화장도 눈썹만 겨우 그리고 나왔거든요.
그래서 퇴근 시간만 기다리고 있는데 연선이한테 전화가 왔어요.
안부 전화려니 하고 받았는데 그게 아니었습니다.
오늘 내가 동대문에 쇼핑 가기로 약속을 해놓고서는 새까맣게 잊고 있었던 거예요.
"나, 오늘 몰골이 영 아닌데... 다음에 가면 안 될까?"
"뭐? 안 돼! 난 벌써 동대문에 와 있단 말이야. 빨리 와! 끊는다!"
그 친구한테 잘 보일 일이 있어서 계속 고집을 피울 수가 없더라구요.
그런데 약속장소에 거의 도착해서 보니
그 사람, 친구에게 잘 보여야 하는 이유... 바로 그 사람이
연선이와 함께 날 기다리고 있는 모습이 보였습니다.
하필이면 오늘 같은 날 내 앞에 나타나다니
무슨 운명의 장난인가 싶었어요.
그 사람이 날 보기 전에, 일단 어디론가 숨어야겠다는 생각이 들어서
거리의 사람들을 제치고 화장실을 찾아 들어갔습니다.
거울 앞에 섰는데 정말 절망스럽더군요.
그나마 그린 눈썹마저 다 지워지고, 머리는 푹 눌려 갈라지고,
옷은 동네 시장에서 야채 팔다 온 아줌마 같고...

립글로스라도 발라야겠다는 마음에 정신없이 가방을 뒤졌는데... 없더라구요.
그러다가 옆에 서 있던 여자와 거울 속에서 눈이 딱 마주쳤어요.
순간, 하마터면 지금 바르고 있는 그 립글로스를 좀 빌려달라고 말할 뻔했습니다.
그때 연선이에게 전화가 오지 않았으면 그랬을지도 모르겠어요.
전화를 받아야 할지, 받지 말아야 할지 정말 갈등이 됐습니다.
초라한 모습을 들키고 싶지 않은 마음... 숨어버리고 싶은 마음...
문득 며칠 전 우연히 만난 동창이 생각났어요.
난 반가운 마음에 아는 척을 했는데 당황하는 것 같았거든요.
어쩌면 그냥 모르는 척 지나가주길 바랐을지도 모르는데...
전화를 받을까 말까 계속 망설이고 있는데 전화벨이 멈췄습니다.
그런데 말이에요, 갑자기 겁이 났어요.
그 사람과의 인연이 끊겨버린 것처럼.

사랑이... 사랑에게 말합니다.
겁내지 말라고,
인연이라면 어떤 모습이라도 감싸 안아줄 거라고...

#009
청바지 파는 여자

그녀가 왔어요.

그 남자가 잠깐 화장실에 간 사이, 그 남자의 여자가 왔습니다.

그녀가 내게 눈인사를 건네네요.

몇 번 얼굴을 본 사이거든요.

며칠 전에는 김치찌개를 시켜서 밥도 같이 먹었어요.

그런데 왠지 난 그녀와 더 이상 친해지고 싶지가 않아요.

“커피 한잔 마실래요?” 하고 물어봐야 하는 타이밍인데

난 그냥 잡시반 뒤석이고 있습니다.

눈은 잡지에 실린 독자들 사진에 가 있지만,

사실 마음의 시선은 그녀에게 머물고 있어요.

그녀가 묻네요. “오늘 우리 오빠, 모자 많이 팔았어요?”

“내 청바지 팔기도 바쁜데 내가 그것까지 어떻게 알아요?”

왜 그녀가 묻는 말에 꼬박꼬박 퉁명스러워지는 걸까요?

“제가 샌드위치 사 왔는데 좀 있다가 오빠랑 같이 드세요.”

그녀는 올 때마다 샌드위치를 사 와요.

그런데 그 남자는 그 샌드위치를 먹고 늘 배탈이 나죠.

마요네즈만 먹으면 그렇다는데, 아마 그녀는 그 사실을 전혀 모르나 봅니다.

그녀가 화장을 고치네요.

지난번에 그 남자에게 한 번 물어본 적이 있어요.

“여자친구 어디가 제일 예뻐요?”

그랬더니 망설이지 않고 “입술이요” 하고 대답하더라구요.

그녀의 입술이 반짝거리네요. 정말 입술이 예쁩니다.

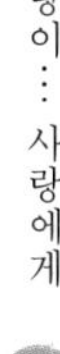

순간, 참지 못하고 물어보고 말았어요.

"그 립스틱 예쁘네요... 어디 거예요? 넘버는요?"

옆 화장품 매장 동생한테 그녀가 바르는 립글로스를 하나 달라고 했더니 화장품 파는 동생 한다는 말이, 그 립글로스는 나한테는 안 어울릴 거라네요.

사람마다 입술색이 달라서
똑같은 색의 립글로스를 발라도 같은 색이 나오진 않는다면서...
그래도 우겨서 샀어요.
그리고 화장실로 달려가서 입술에 바르고 또 바르고... 발랐어요.
내 행동이 이상해 보였는지
거울 속의 한 여자가 내 입술만 바라보고 서 있네요.
이 립글로스로... 그 남자의 여자가 될 순 없다는 거 알아요.
이 립글로스 백 개를, 천 개를 가져도
내가... 그녀가 될 수는 없겠죠.

사랑이... 사랑에게 말합니다.
갖고 싶다고 다 가질 순 없는 거라고,
걷어낼 마음은 걷어낼 줄 아는 현명한 사랑을 하라고...

#010

우유를 마시는 남자

또 출장이에요.

요즘 한 달에 보름은 출장을 가는 것 같아요.

오늘은 부산으로 가는데, 가서 회나 실컷 먹고 와야겠습니다.

배달된 우유를 꺼내려고 현관문을 살짝 열었는데 바람이 장난이 아니네요.

날씨가 꽤 쌀쌀한 것 같습니다.

오늘은 우유를 따뜻하게 데워 마셔야겠어요.

'추우니까 우유를 데워 마셔야겠다'는 건 단순하고 명쾌하게 정리가 되는데

왜, 그녀에게 전화를 걸까 말까… 하는 문제는 단순하고 명쾌하게 정리가 안 되는 걸까요?

전화를 안 하고 그냥 출장을 가버리면

아마 오늘 하루 종일 전화통에 불이 나겠죠?

그렇다고 전화를 해서 또 출장을 간다고 하면

지금 당장 달려와서 같이 가자고 할지도 모릅니다.

처음에는 이런 그녀가 좋았어요.

나 때문에 웃고, 나 때문에 울고, 나 때문에 화나고, 나 때문에 기쁜 그녀가… 사랑스러웠습니다.

그런데 지금은… 좀 부담스러워요.

너무 적극적인 그녀 때문에… 힘.이.들.어.요.

하루라도 안 보면 사랑이 식었다고 생각하는 그녀 때문에… 힘이 듭니다.

며칠 전에는 잡지를 한 권 사 들고 집 앞까지 왔어요.

그래서 잡지에서 본 헤어스타일을 하겠다거나,
아니면 모델이 입고 있는 옷이나 구두를 사달라고 조르러 온 줄만 알았습니다.
그런데 그게 아니었어요.
우리가 함께 찍은 사진을 잡지사에 보내서
제주도 여행권을 타냈다는 말을 하려고 온 거였습니다.
난 창피해서 쥐구멍이라도 찾아 숨고 싶은 심정인데
그녀는 제주도에 갈 날짜를 잡아보라며 마냥 웃고 있더군요.
잡지에 실린 사진을 보니
누구에게도 보여주고 싶지 않은 엽기적인 표정의 사진이에요.
그 사진을 나와 한 마디 상의도 없이 보내다니...
잡지에 실린 사진을 보고 친구들이 재밌어하며 전화를 해댔습니다.
은행에서 봤다, 여자친구가 미용실에서 봤다더라,
그리고 또 나를 모르는 그 누군가도 이 사진을 봤겠죠.
이런 철부지 그녀를 난 아직도 사랑하는 걸까요?

사랑이... 사랑에게 말합니다.
찬 우유를 데우듯 차가워진 심장을 데우라고,
그녀는 처음부터 지금까지 변한 게 없다고...

#011
동전 바꿔주는 여자

매일 오백 원짜리 동전이 필요한 사람, 누가 있을까요?
오락실 아르바이트생? 슈퍼마켓 집 아들? 택시 기사?
늘 동전을 바꾸러 오는 사람이 있어요.
만 원짜리 지폐를 오백 원짜리 동전 스무 개로.
주로 청바지에 편한 점퍼 차림인데
추위를 많이 타는지 요 며칠은 벌써 까만색 오리털 파카를 꺼내 입었더라구요.
머리는 약간 길어요. 그렇다고 묶일 만큼 길진 않아요.
그리고 자전거를 타고 다니는 걸 봐서는 집이 이 근처인 것 같아요.
요즘엔 바구니 달린 자전거를 타고 다니던데 정말 귀여워요.
겨울엔 바람이 매서워서 얼굴도 시리고 손도 시릴 텐데...
언제부터인가, 이렇게 자꾸 그 사람이 걱정돼요.
그리고 어쩌다 하루 오지 않는 날이면
다른 동네로 이사를 갔나? 아니면 은행을 옮겼나? 하고 궁금해지고,
이어서 많은 상상을 하게 되는 거 있죠.
어쩌면 그 사람이 아주 큰 회사의 사장일지도 모른다는 상상,
그런데 다른 사람들이 눈치 챌까 봐
일부러 수수한 복장을 하고 다니는지도 모른다는 상상,
어느 날 갑자기 환전소 유리 칸막이 너머로
나에게 쪽지를 건네며 데이트 신청을 할지도 모른다는 상상,
근사한 레스토랑에서 첫 데이트를 하게 되는 상상...
어... 그 사람이 은행 문을 열고 들어오고 있어요.
그런데 오늘은 웬일로 정장 차림을 하고 왔을까요?

번호표를 뽑아 들고 두 번째 줄 소파에 앉아서 잡지를 보고 있습니다.
그런데 잡지를 보다가 누군가에게 전화를 거네요.
친구가 잡지에 나왔나 봐요.
도대체 뭘 하는 친구이기에 잡지에까지 나올까요?
그 사람이 번호표를 들고 내게 다가오고 있습니다.
"오백 원짜리 동전으로 바꿔주세요."
"오늘도 만 원어치요?"
"아니요, 오늘은 이 만원어치요.
그동안 아르바이트하던 가게 주인은
하루에 만 원씩만 동전으로 바꿔놓으라고 했었거든요.
그런데 오늘부터는 제 마음대로 바꿔도 돼요.
오늘 요 앞 아파트 단지에 제 가게를 오픈하거든요.
지영 씨도 비디오 빌리러 오세요."
아... 내 이름을 알고 있었네요.
오늘부터 난 비디오 광이 될 것 같습니다.

사랑이... 사랑에게 말합니다.
이름을 기억하고 불러주는 일,
그게 바로 사랑의 시작이라고...

#012

자전거 판 여자

몇십 번 고민하고 결정한 일이었어요.
그 사람이 준 선물인데 돌려주기도 뭐 하고 팔기도 그렇고...
그렇다고 갖고 있자니 볼 때마다 그 사람 생각이 나고...
그래서 그냥 동네 자전거포에 갖다 줘버렸어요.
"아저씨, 이 자전거... 그냥 필요한 사람한테 팔든지 주든지 마음대로 하세요."
그런데 이런 일이 일어날 줄 알았으면
그냥 내 곁에 둘 걸 그랬나 봐요.
지금 난 엄마가 입원한 병원, 응급실이 마주 보이는 1층 로비에 앉아 있습니다.
매점 언니는 과일을 파느라 정신이 없고,
환자복을 입은 젊은 남자는 복도 끝에 놓인 컴퓨터 앞에 앉아 인터넷 고스톱을 치느라고 정신이 없습니다.
그리고 가운 입은 의사는 며칠째 면도도 못 했는지
턱수염이 듬성듬성 난 채 응급실을 향해 바쁜 걸음을 옮기고 있습니다.
그 가운데 덩그러니 혼자 앉아 있는 난,
또 바보처럼... 눈물이... 나려고 해요.
엄마가 쓰러져 의식을 잃어버리는 일,
정해진 면회 시간에만 엄마 얼굴을 볼 수 있는 일,
내가 엄마의 보호자가 되는 일,
그런 일이 하루아침에 그냥 누구에게나 일어날 수 있다는 걸,
드라마에나 나오는 일이 아니라는 걸,

나와 상관있는 일이 될 수도 있다는 걸... 알게 된 지 이제 일주일이 됐습니다.
의식 없는 엄마를 응급차에 태우고 병원으로 달려오던 길,
무섭고 두려워서... 세상이 끝나버린 것 같아서...
그 사람 이름만 내내 불렀어요. 현우야, 현우야, 현우야...
다음 날 간단하게 짐을 챙기러 집으로 가는 길,
멍하니 걷다 보니 어느새 자전거포 앞에 서 있는 나를 발견했습니다.
"아저씨, 그 자전거... 그거... 제가 다시 사 가면 안 될까요?"
"아, 그 바구니 달린 자전거? 그거 새 거라서 그날 바로 팔렸는데...
다른 자전거로 골라서 그냥 가져가요."
순간, 자전거 페달이 멈춰버린 것처럼 심장이 멈춰버렸습니다.
"다른 자전거는 필요 없어요. 꼭 그 자전거여야 하거든요."
자전거를 돌려주겠다는 핑계로
그 사람을 한 번만... 딱 한 번만 다시 보고 싶었는데
이젠 그럴 수도 없습니다.

사랑이... 사랑에게 말합니다.
자전거처럼,
잃어버린 사랑도 다시 페달을 밟으면 달릴 수 있을 거라고...

#013

위급한 남자

지금 그녀는 나에게 잘해준 모든 순간이

후회되고... 약 오르고... 되돌려 받고 싶을 거예요.

하지만 그녀는 내게 화를 내지 않습니다.

단지 전화를 받지 않을 뿐이에요.

나를 만나주지 않을 뿐이죠.

며칠 전, 친한 친구가 자기 여자친구를 소개해준다기에 나갔어요.

그런데 그 자리에 녀석의 여자친구 말고도 그녀의 친구들이 몇 명 더

나와 있었습니다.

그래서 서로 인사차 명함을 주고받았을 뿐인데

이 일이 이렇게 커질 줄은 몰랐어요.

그리고 그날 난 여자들에게 받은 명함도 모두 탁자에 놓고 나왔어요.

행여 그녀가 지갑 속에 있는 여자들의 명함을 보고 오해라도 할까 봐

예의가 아닌 줄은 알지만, 그래도 슬그머니 탁자 위에 놓고 나왔습니다.

그런데 그중 한 여자가 내게 연락을 해왔고,

아마 직접 만든 캐릭터 명함의 주인공인 것 같아요.

병원 앞까지 왔다기에 정말 어쩔 수 없이... 한두 번 같이...

병원 로비에서 차를 마셨을 뿐인데... 그녀는 나를 믿지 못하네요.

아마 로비에서 차 마시는 모습을 멀리에서 본 모양이에요.
답답해요. 만나야, 통화가 돼야 변명이라도 할 텐데...
그녀는 또 혼자 참아내고, 혼자 견뎌내고 있겠죠.
한 번쯤은 내 어깨를 빌려도 될 텐데...
한 번쯤은 나 아니면 안 된다고 말해줘도 될 텐데...
그녀는 늘 씩씩한 척, 떠나고 싶으면 언제라도 떠나라고 큰소리를 칩니다.
응급실에서 콜이 왔어요.
빨리 내려가야 하는데 머릿속이 뒤죽박죽 엉망진창입니다.
지금은 나도 응급 상황인데 내 사랑이 초를 다투고 위급한데...
그녀는 언제쯤 응급 처치를 해주러 와줄까요?
응급실로 가는 1층 로비, 그녀에게서 문자 메시지가 도착했습니다.
그런데... 두려워요. 확인하기가 두렵습니다.
매점 앞 텅 빈 로비에 혼자 앉아서
휴대폰을 만지작거리고 있는 여자의 모습이 보이네요.
그녀도 며칠을... 저런 표정으로,
저렇게 전화기만 만지작거리면서 지냈겠죠.

사랑이... 사랑에게 말합니다.
강한 척하는 사람일수록 그만큼 더 여리고 약한 거라고,
그 숨은 모습을 찾아내 사랑해주는 게 진짜 사랑이라고...

#014
요리를 배우는 남자

오늘의 메뉴는 삼색전이에요.
밀가루와 계란으로 옷을 입혀서
호박전과 생선전, 동그랑땡을 부치는 건데
옷 따로, 알맹이 따로, 잘되질 않더라구요.
하지만 나보다 더 못하는 여자 분들이 있어서 위안이 됐습니다.
그녀는 푸드코디네이터예요.
아직은 재료를 씻고 다듬는 일이 전부지만,
나중엔 분명 자신의 이름을 건 요리 학원을 갖게 될 겁니다.
왜냐하면 그녀가 끓여주는 라면 맛은 일품 요리 뺨치거든요.
세상에서 제일 맛있는 라면은 '그녀가 끓여주는 라면'입니다.
그녀를 알고 싶어서,
그녀가 사랑하는 요리에 대해 알고 싶어서,
며칠 전부터 요리 학원에 다니고 있는데
생각보다 재밌어요.
다니기 전에는, 여자들만 있으면 어떡하나 걱정을 했는데
남자들도 꽤 많고, 연령층도 다양하고... 신선한 경험입니다.
요 며칠은 요리 시간이 기다려지기도 하고 설레기까지 해요.
아마 초보라서, 처음이라서 그런 거겠죠.
누군가를 마음에 담는 일... 그것도 난, 초보예요.
그래서 아직은 어떻게 해야 할지... 잘 모르겠습니다.
하지만 준비를 잘해서 부서지지 않도록...
조심스럽게... 그녀에게 고백할 생각이에요.
오늘 삼색전을 만들면서 배웠어요.

전을 부칠 땐 팬을 충분히 달군 후에 부쳐야지
그렇지 않으면 모양이 부서질 수 있다는 것.
"충분히 준비되지 않으면 부서질 수 있다."
삼색전이 내게 남긴 사랑에 관한 충고입니다.
그래서 며칠 전 그녀의 생일에도 조심스럽게 준비했어요.
다행히 그녀가 무척 좋아했습니다.
세상에 단 하나밖에 없는 명함을 만들어주었거든요.
프라이팬을 들고 있는 그녀의 모습을 캐리커처로 그려넣고,
한 장 한 장 정성들여 그녀의 이름을 써넣었죠.
그녀의 이름을 백 번을 부르며 명함을 백 장 만들어주었습니다.
꼭 필요한 사람에게만, 꼭 기억했으면 하는 사람에게만 주라고 했어요.
특별한 명함이니까.
다 쓰면 또 만들어주겠다고 약속했는데,
이 정도면 그녀의 마음에 들어갈 준비가 잘 되어가는 걸까요?

사랑이... 사랑에게 말합니다.
변하지 말라고,
그녀의 마음을 열고 들어가더라도 처음 이 마음 잊지 말라고...

#015

새벽에 일어나는 여자

오늘도 새벽 다섯 시에 일어나 약수터에 갔어요.
그리고 오는 길에 동네 목욕탕에 가서 때도 밀었습니다.
반투명 유리 너머로
졸음이 쏟아지는 눈을 하고는 수건을 건네주는 사람, 그 사람이 참 부러웠어요.
난 요즘 도무지 잠이 오질 않거든요.
원래는 아침잠이 많아요.
그래서 그날도 그 사람이 모닝콜을 해줬는데,
그날 아침엔 일어나지 말고 하루 종일 잘걸 그랬어요.
그 사람이 말하지 못하도록... 말해도 내가 듣지 못하도록...
눈 뜨지 말고 깨지 말고 죽은 듯이 잠들어 있을 걸...
지금 내 모습, 내 사랑... 마치 터져버린 풍선 같아요.
처음 맞는 내 생일 날,
얼굴이 빨개지도록 풍선을 불고 또 불어서
내 자취방을 가득 채워준 사람인데...
자기가 살고 있는 방이 궁금하지 않느냐면서
셀프비디오를 찍어서 보여주던 사람인데...
침대 위에 놓인 내 사진을 클로즈업하면서
매일 밤 자기가 뽀뽀해주는 여자라고 능청 떨던 사람인데...
그랬던 사람이, 어떻게 이렇게...
어린 시절 손에 쥔 풍선을 날려 보내는 것보다 쉽게
나를... 멀리 날려 보낼 수 있는 걸까요?
이것 봐요, 아무튼 생각할 틈을 줘서는 안 된다니까요.

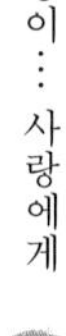

시간만 나면 그 사람 생각이잖아요.
시간을 증발시켜버리고 싶어요.
아무것도 하지 않는 시간이 제일 힘들어서
요리를 배우기 시작했는데... 좋아요.
손가락을 베고 데는 동안은 마음에 난 상처의 통증이 덜 느껴지거든요.
오늘 배울 메뉴나 다운받아서 봐둬야겠어요.
삼색전... 그 사람도 내가 만든 동그랑땡 좋아하는데...
사랑이 떠날 땐, 함께한 시간도 감촉도 웃음도
다 가지고 떠났으면 좋겠어요.
다른 건 다 남겨두고 사랑만 훌쩍 떠나가는 건 너무 잔인하잖아요.
그 사람 사진은 어떡하죠? 작년 겨울에 사준 장갑은요?
그 사람의 메일주소랑 전화번호랑... 생일이랑 차 번호랑...
그런 건 어떻게 지워버릴 수 있죠?
처음이라서... 이별이 처음이라서
뭘 먼저 버리고, 뭘 먼저 지워야 하는지 모르겠어요.
깨진 사랑을 감쪽같이 붙일 수 있는 접착제,
구멍 난 가슴에 붙이는 반창고, 이런 걸 파는 가게... 어디 없나요?

사랑이... 사랑에게 말합니다.
터진 풍선을 애써 붙이려 하지 말라고,
한 번 상처 난 풍선은 불어도 흔적이 남는다고...

#016

담배 끊은 남자

잊지 못할 거라고... 생각하고 있었겠죠.
우리가 헤어진 그 자리에서 한 발자국도 움직이지 못한 채
그대로 석고처럼 굳어 있길 바랐겠죠.
어제 새벽에 오랜만에 친구들과 메신저로 떠들고 있는데
처음 보는 발신자 번호로 전화가 왔어요.
나와 헤어진 그날로
내가 술에 취해 전화라도 할까 봐 그랬는지 전화번호까지 바꾸더니
그 번호로 그녀가 나에게 전화를 해왔습니다.
여섯 달 만에. 그것도 새벽 한 시쯤... 술에 취해서요.
아무 일도 없는데 그냥 전화를 하진 않았겠죠.
음악 소리에, 사람들 떠드는 소리에 잘 들리지는 않았지만
그녀의 목소리가 평소보다 두 배 정도 높은 음을 내고, 두 배 정도 빨랐어요.
그건 내가 알고 있는 한 그녀에게 지금 안 좋은 일이, 속상한 일이 생겼다는 증거죠.
하지만 무슨 일이 있느냐고 물어보지 않았어요.
난 이제 그런 걸 물을 이유가 없으니까요.
우린, 이미... 헤어졌으니까요.
너에게 부족하지 않은 남자가 되겠다고,
한 번만 기회를 달라고 그렇게 붙잡았는데...
그녀는 그럴 시간이 없다고 했습니다.
그리고 자신의 욕심에 걸맞은 남자에게 갔어요.
그날 밤, 세상이 날 등지고 비웃는 것만 같았죠.

오기가 생겼습니다. 그렇게 망가질 수는 없었어요.
유치하지만 나중에 꼭 그녀가 후회하게 만들고 싶었습니다.
나를 세상에서 제일 못난 놈으로 만든 그녀를... 용서할 수 없었어요.
그래서 그날 이후로, 하루가 멀다 하고 마시던 술을 딱 끊고,
담배도 끊고, 끊을 수 있는 건 모두 끊었습니다.
그리움도... 보고픔도... 서러움도... 그리고 그녀까지도 모두.
"다시는 전화하지 마라. 왜 이러는지 이해가 안 가."
그동안 지내온 이야기를 술에 취해 두서없이 늘어놓는 그녀에게
차갑고 매몰차게 이 한 마디를 하고는 전화를 뚝, 끊어버렸습니다.
그런데 그녀의 전화를 끊고 나서 밤새 잠을 설쳤어요.
오늘 어머니 대신 목욕탕에 나가기로 해서
몇 시간이라도 잠을 자야 하는데 아무래도 잠자긴 틀린 것 같습니다.
그냥 목욕탕에 나가봐야겠습니다.

사랑이... 사랑에게 말합니다.
그녀를 후회하게 만들고 싶은 건 오기가 아니라고,
아직 남아 있는 미련 때문이라고...

#017

잔소리 좋아하는 여자

남자친구가 화가 많이 났어요.
늦은 시간까지 술 마시고 다니는 여자가 세상에서 제일 싫다고 했는데
내가 그 일을 저질러버렸거든요.
사귀기 전에 아는 오빠로 지낼 때는,
집에 들어가야 한다고 해도 부모님은 길들이기 나름이라면서
늦은 시간까지 술자리에 붙잡아 두던 사람이
사귄 후부터는 달라졌어요.
귀가시간은 열한 시를 넘지 마라,
유행이라고 미니스커트 같은 거 입고 다닐 생각은 하지도 마라,
남자가 합석한 자리에선 아예 술은 입에도 못 댄다고 못을 박아라,
완전히 조선 시대 남자가 되어버렸다니까요.
그런데 이상하게 남자친구의 이런 잔소리가 싫지 않아요.
만약 아빠나 엄마가 그러셨다면
지금이 무슨 조선시대냐고, 한복 입고 쪽진 머리 하고 살아야겠다고
반기를 들었을지도 모르는데
남자친구가 그러니까... 은근히 기분이 좋은 거 있죠?
그런데 어제 그만 남자친구가 정해놓은 규율을 어겼어요.
친한 친구 생일이었는데
그 친구가 남자친구 없는 생일은 처음이라며 우울해해서
기분 맞춰준다고... 덩달아 술을 왕창 마셔버렸거든요.
그래서 오빠가 데리러 오기로 했는데
내 핸드폰이 계속 통화 중이었어요.
생일인 친구가 핸드폰 배터리가 다 닳았는지

내 핸드폰을 빌려가서 계속 통화했거든요.

"오빠가 전화한다고 했어. 빨리 끊…"

그런데 누구와 통화를 하는지 분위기가 심상치 않아서

그냥 끊을 때까지 기다렸어요.

그동안 성격 급한 남자친구가

안 그래도 화가 난 상태에서 더 화가 난 거죠.

집에 데려다주는 택시 안에서 손 한 번 안 잡아주더라구요.

그러더니 집 앞에 내려서는 한 마디 하더군요.

"오빠, 걱정시키지 마라."

그런데 난, 왜 이렇게 남자친구를 걱정시키고 싶죠?

왜 자꾸 그의 사랑을 짓궂게 확인하고 싶죠?

사랑이… 사랑에게 말합니다.

구속하고 구속받는 게 행복하게 느껴질 때,

사랑은 가장 아름답게 빛나는 거라고…

#018

택시 태워주는 남자

그대로였어요.
웃을 때 들어가는 왼쪽 볼의 보조개,
당황하면 손가락으로 머리카락을 둘둘 마는 버릇,
지갑을 찾느라고 가방에 손을 넣고 한참을 꼼지락거리는 모습.
그녀의 동네도 변한 게 없었어요.
모퉁이에 있는 편의점, 그 옆 세탁소, 그 앞 중국 요리 집,
시간이 멈춘 것처럼 그대로였어요.
변한 건 우리의 거리뿐이었죠. 우리 사이뿐이었어요.
군대 가기 전이니까 벌써 오 년쯤 됐네요.
그녀와 함께 떡볶이와 햄버거를 먹기 위해서
몇 정거장쯤은 밥 먹듯 걸어 다니고,
전단지 돌리는 아르바이트부터 주유소 아르바이트까지
안 해본 아르바이트가 없었는데...
그때가 그립군요.
지금은 제대하고 학비를 마련하기 위해 잠깐 택시 기사 아르바이트를 하고 있어요.
어제 기사 식당에서 밥을 먹고 나오다가 손님 한 명을 태웠는데
글쎄, 기적 같은 일이 일어났습니다.
그녀가 내 택시에 탄 겁니다.
내가 면도도 안 하고 모자까지 눌러쓰고 있어서 그런지
그녀는 나를 알아보지 못하는 것 같았어요.
뒷좌석에 앉더니 창밖만 내다보면서 집 앞까지 가더라구요.
내리는 그녀에게 차비를 받을까 말까 갈등이 됐습니다.

그러다가 용기를 내 뒤돌아보고 인사를 했죠.
그녀는 당황스러워했고, 손끝으로 머리카락을 둘둘 말았어요.
지금까지 달려온 길을 불편해하는 것 같았어요.
"그대로네... 여전히 지갑 찾는 데도 오래 걸리고...
찾지 마. 그냥 내려..."
그랬더니 그녀가 조용히 내려 그 앞 편의점에서 따뜻한 커피를 하나 사다 주더군요.
그녀를 바래다주고 돌아오는 길에 한 커플을 태웠어요.
남자가 여자친구를 집에 데려다주는 길 같은데
여자 분이 술에 많이 취해서 남자 분이 화가 많이 났더라구요.
생각해보니 난 한 번도 그녀를 택시에 태워 바래다준 적이 없는 것 같아요.
마지막으로 그녀를 편하게 바래다줄 수 있어서 기뻤습니다.
좀더 폼 나는 모습으로 만났다면 좋았겠지만,
그래도... 부끄럽지 않아요.
그녀도 나도, 이젠... 서로의 마음에서 내린 지 오래니까요.

사랑이... 사랑에게 말합니다.
정말 아무렇지도 않느냐고,
추억을 멈추고, 추억으로 묻어버리고 살아갈 수 있겠느냐고...

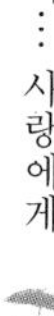

#019
편의점에서 알바하는 여자

귀찮아요.
약속 시간 두 시간 전부터 샤워하고 화장하고,
옷 골라 입고 머리 드라이하고,
가끔 스타킹도 신어야 하고 뾰족구두도 신어야 하고…
영, 내 취향이 아니에요.
손님이 왔어요.
캔 맥주를 두 개 사 가며 포인트 적립 카드를 내미는 걸 보니
꼼꼼한 남자 같네요.
이런 꼼꼼한 남자도 내 스타일이 아니에요.
내가 사실은 이렇게 따지는 게 은근히 많아요.
그래서 지금까지 남자친구 한 번 사귀어본 적 없지만,
언젠간 나만이 갖고 있는 진짜 매력을 알아줄 사람이 나타날 거라고 믿어요.
진짜로 지금까지 한 번도 부러운 적 없었어요.
일류 대학 다니는 미경이의 남자친구도,
매일 차로 등하교를 시키는 선영이의 남자친구도.
그리고 이제 지겨워요.
남자친구랑 백일이다 천일이다 하면서
같이 선물 골라달라고 하는 친구들도 지겹고,
남자친구랑 싸우고 나서 밤새도록 전화 붙잡고 하소연하는 친구들도 지겨워요.
다툰 얘기 듣다가 혹시라도 자기 남자친구를 내가 욕하면, 또 얼마나 난리들을 치는데요.

난 지금이 좋아요.

만화책을 보면서 라디오를 들으면서 돈도 벌 수 있고...

어, 전화가 왔어요. 주연이네요.

보나마나 남자친구와 또 헤어졌다고 하겠죠.

그래놓고 내일은 다시 전화해서 화해했다고 할 거구요.

또 손님이 왔습니다.

여자가 커피를 사서 밖에서 기다리는 택시 기사에게 건네네요.

예쁘장한 아가씨와 택시 기사? 둘은 어떤 사이일까요?

그녀가 사라지고 나서 택시 기사가 들어왔어요.

담배를 한 갑 달라고 하면서 담배 값을 물어보는 걸 보니

담배를 끊은 사람이거나 처음 사는 사람인 것 같습니다.

음... 둘의 관계가 궁금하네요.

출출한데 즉석 라면이나 하나 끓여먹어야겠어요.

사랑이... 사랑에게 말합니다.

기다리라고,

언젠간 밤에 먹는 라면처럼 맛있는 사랑이 찾아올 거라고...

#020
군대 가는 남자

눈에서 멀어지면 마음에서도 멀어진다는 말, 진실일까요?
정말 마음 같은 건 소용없는 걸까요?
그녀의 눈에서 멀어지는 것도 부족해 마음에서까지 멀어진다면
난 견딜 자신이, 참아낼 자신이 없습니다.
마감 뉴스에 놀이동산에 놀러 간 연인들의 모습이 보여요.
대형 크리스마스트리에 점등하는 걸 구경하고 있습니다.
올 크리스마스엔 난 군대에 있겠죠.
그녀가 아파도 그녀를 보러 한걸음에 달려갈 수 없는 곳에.
그냥 헤어지자고 말해야겠어요.
아프면 좀 아파하면 되죠 뭐…
눈물이 나면 좀 울죠 뭐…
그런데 바보처럼 왜 벌써, 말도 하기 전에 가슴이 먹먹한 거죠?
맥주나 한잔 마시면서 마음을 가라앉혀야겠습니다.
어제 사다놓고 안 마셨거든요. 요즘 너무 마셔서요.
어, 그런데 맥주가 흔들렸는지 거품이 넘쳐흘러요.
겉으로는 알 수 없었는데 안에선 심한 요동이 있었던 모양입니다.
마치 내 얘길 듣고 난 후 그녀의 표정을 보는 듯해요.
겉으로는 아무렇지 않은 듯 보이지만
속에서는 넘쳐흐를 만큼의 흔들림…
그녀도 분명 이런 반응이겠죠?
그런데 어쩌면 내가 무슨 얘길 해도 그녀라면 내 속내를 알지도 몰라요.
널 두고 가야 하는 마음…
심장이 찢어지는 것 같다고, 부디 기다려달라고…

그렇게 말하고 싶지만 차마... 용기가 없어 그러지 못하는 내 마음을
그녀라면 알지도 모릅니다.
아니, 알아주었으면 좋겠습니다.
그녀는 아직 몰라요.
내일은 꼭 말해야겠습니다. 이제 보름밖에 남지 않았거든요.
마음속으로 수도 없이 연습한 말, 그 말을 해야겠네요.
'나, 군대 간다. 부탁이 있어.
나, 가벼운 마음으로 갈 수 있게 해줘. 우리, 헤...어...지...자...'
그런데, 그런데 말이에요.
그녀가 눈물을 뚝뚝 흘리면서 나의 이별 통보를 그냥 받아들이면,
정말 그래버리면 어떡하죠?
그녀가 잘 모으라고 한 포인트 적립 카드들을 다 보여주면,
말 잘 들은 내 모습을 보여주면,
그녀가 기다려줄까요?
그녀의 사랑이 적립될까요?

사랑이... 사랑에게 말합니다.
아무렇지도 않은 척, 담담한 척하지 말라고,
맥주 거품처럼 흘러넘치는 사랑을 솔직하게 보여주라고...

#021

사투리 쓰는 여자

아침 일찍 일어나 주먹밥을 만들고 샌드위치도 만들었어요.
우리 오빠야가 야채를 잘 안 먹어서
오이랑 당근이랑 양상추를 잔뜩 넣고 샌드위치를 만들었죠.
요즘 난 이렇게 어설픈 사투리 억양이 입에 뱄어요.
그래서 친구들이 너무 연애하는 티 내는 거 아니냐고 놀리기도 하고
배 아파하기도 하죠.
내 친구들 중에 남자친구 있는 사람은 나뿐이거든요.
오빠야가 부산 사람이에요.
그래서 자꾸 따라하게 돼요. 자꾸 닮아가게 되는 거 있죠?
사랑하면 닮아간다고 하잖아요.
사투리뿐만이 아니에요.
입에도 대지 않던 청국장도 잘 먹고,
어디 가서 음식 먹고 남으면 꼭 싸달라고 하죠.
이런 모습은 예전의 나에게선 절대 찾아볼 수 없는 모습이에요.
내가 생각해도 난 많이 변했어요.
그러니까 친구들 눈에 밉상으로 보일 만도 하죠.
연애하더니 사람이 달라졌다고 할 만도 해요.
그래도 난 좋아요.
오늘은 오빠야 친구 커플들하고 함께 놀이동산에 왔어예.
그래서 새벽부터 일어나서 이것저것 만든 거예요.
우리 오빠야 목에 힘 좀 주게 해주고 싶었거든요.
요리도 잘하고, 예쁘고 착한 여자를 애인으로 둬서
다들 부러워하는 남자로 만들어주고 싶었거든요.

난 워낙 겁이 많아서 친구들하고 놀이동산에 와도

놀이기구는 타지 않고 친구들 사진만 찍어줬는데...

오늘은 놀이기구 좋아하는 오빠를 위해서

큰 맘 먹고, 눈 딱 감고 한번 타보려구요.

그런데 사람이 너무 길게 줄을 서 있네요.

앞에 있는 커플은 우리랑 정반대인 것 같아요.

여자는 저 무서운 거를 타겠다고 하고,

남자는 속이 안 좋아서 안 타겠다고 계속 꽁무니를 빼고 있습니다.

어, 그런데 방송국에서 취재를 나왔어요.

크리스마스트리 점등식을 취재하려나 봐요.

그런데 트리가 정말 크네요. 우리 오빠 마음처럼...

방송국 기자 분 같은데, 우리 오빠야에게 다가와 인터뷰를 부탁하고 있어요.

역시 잘생긴 건 누가 봐도 보이나 봐요.

떨고 있는 우리 오빠야 너무 귀여워서 앙, 깨물어주고 싶네요.

사랑이... 사랑에게 말합니다.

사소한 버릇이 하나씩 닮아가는 동안

어느새 사랑은 완성되어가는 거라고...

#022

반지 사는 남자

그녀가 꿈에 다녀갔습니다.

어젯밤 잠자리에 드는 순간까지 고민을 했거든요.

생일 선물을 준비할까 말까 하구요.

머리가 복잡해서 찬물로 샤워를 했습니다.

정신이 바짝 들더군요.

정신이 드니 더 후회가 됐어요.

왜 그녀의 작은 소망들을 투정이라고만 생각했을까,

불만이라고만 몰아붙였을까,

그런 내가 참 원망스러웠습니다.

그녀는 무슨 기념일만 되면 놀이동산에 가자고 졸랐어요.

우리도 커플링 맞추자고 노래를 불렀죠.

그럴 때마다 난 피곤하다는 이유로, 바쁘다는 핑계로

한 귀로 듣고 한 귀로 흘려버렸습니다.

한결같은 그녀의 사랑 앞에서 건방을 떤 거죠.

그녀와 헤어지고 나니 이제야 그녀의 말이 들립니다.

어제는 크리스마스트리 점등식을 취재하러 놀이동산에 갔는데

내 눈에 커플링 끼고 있는 커플들만 보이더라구요.

그중에 한 커플은 부산 사투리를 쓰고 도시락까지 싸온 걸 보니

부산에서 일부러 놀러 온 커플 같았습니다.

어쩌면 여자 분이 서울 놀이동산에 가보고 싶다고 해서

남자 분이 월차를 내고 함께 왔는지도 모른다고 생각을 하니

그 남자 분이 참 멋져 보였어요.

그래서 그분에게 인터뷰를 부탁했습니다.

jewel

내가 한 달 전에만 이렇게 정신을 차렸어도
그녀가 지금도 내 곁에서...
놀이동산에 가자고, 커플링을 맞추자고,
투정을 부리고 있을지도 모르는데...
이대로 그녀를 놓쳐버릴 순 없습니다.
그녀에게 달라지겠다고, 한 번만 믿어달라고 전화를 해야겠어요.
백화점에 왔습니다.
주차 안내원의 손 사인에 따라 지하 3층에 차를 세우고
반지를 파는 1층 매장을 둘러보고 있습니다.
그녀가 보고 있는 것만 같아서 정성껏 디자인을 골랐어요.
"이걸로 주세요."
"여자친구 분, 손가락 사이즈가 어떻게 되세요?"
매일 잡던 손인데
이거 참, 그녀의 손가락 사이즈를 도무지 모르겠습니다.

사랑이... 사랑에게 말합니다.
그 사람이 나를 더 사랑한다는 이유로 사랑 앞에 자만하지 말라고,
사랑의 크기를 재려 하지 말라고...

#023
첫사랑이 싫은 여자

이벤트에 당첨됐다고 연락이 왔어요.
남자친구가 이 공연을 보고 싶어 하는 것 같아서
내가 몰래 라디오 이벤트에 응모를 했거든요.
이 공연을 꼭 보고 싶은 이유를 써서요.
“26년 만에 드디어 찾아와준 내 첫사랑과 함께 보고 싶습니다” 하고.
어떤 공연인지 미리 좀 자세히 봐둬야겠어요.
인터넷에서 검색하니까 바로 뜨네요.
음... “달콤쌉싸름한 추억 여행... 세우의 첫사랑 지희...”
주인공 이름이 세우와 지희인가 봐요.
지희... 어디에서 많이 듣던 이름인데... 동창인가?
“다시 돌아갈 수 없기에 애틋한 사랑. 보석 같은 사랑... 첫사랑...”
첫사랑에 관한 얘긴가 봐요.
남자친구랑 같이 보러 가려고 했는데
아무래도 다시 생각해봐야겠어요.
이 공연을 보고 남자친구가 첫사랑이 생각날 수도 있잖아요.
그건 싫거든요.
어제 누가 이 공연을 보러 간다고 했는데...
여자친구 반지를 사러 왔다가... 손가락 사이즈를 몰라 돌아간 손님이 간 후에...
아, 생각났어요. 그 다음에 과 동기인 성준이가 왔는데
저녁에 여자친구랑 이 공연 보러 간다고 했어요.
특별한 날인지 커플링 맞추러 왔더라구요.
전화 걸어서 어땠는지 물어봐야겠어요.

"어제 공연 잘 봤어? 첫사랑 생각 많이 났겠네?"

"안 났다고 하면 거짓말이지. 왜? 너도 네 첫사랑이랑 보러 가게?"

성준이 첫사랑이 우리 과 후배인데

아마 그녀 생각이 많이 났겠네요. 여자친구를 옆에 두고서.

난, 그런 상황… 만들고 싶지 않아요.

사실 그렇게 예민하고 속 좁은 여자는 아닌데

이상하게 남자친구의 첫사랑에 대해서만큼은 관대해지질 않아요.

남자는 첫사랑의 방이 따로 있다고 하잖아요.

우리가 사귀기 전에… 그러니까 선후배 사이로 지낼 때,

오빠가 술만 마시면 첫사랑 얘길 자주 했어요.

딱 한 번만이라도… 우연히 마주치고 싶다던 첫사랑…

그 첫사랑을 오빠가 다시 꺼내 추억하는 거 싫어요.

공연은 그냥 친구랑 봐야겠어요. 정선이? 진아? 수경이?

어, 생각났어요… 지희…

술에 취한 오빠에게서 자주 듣던 이름입니다.

사랑이… 사랑에게 말합니다.

세상의 모든 사랑은 첫사랑이라고,

똑같이 설레고, 다르게 설레고, 똑같이 가슴 뛰고, 다르게 가슴 뛰는 첫사랑이라고…

#024

상자 찾는 여자

거짓말한 적은 없어요.

못 잊는 사람이 있다고...

그래서 지금은 그 누구와도 시작할 수 없다고... 다 말했거든요.

그런데도 다 괜찮다고,

자기가 그 사람을 까맣게 잊게 해주겠다고,

자신만만하게 대시를 해왔어요.

그런 모습이 마음에 들기는 했습니다.

자신 없는 남자보다는

약간 허풍이 있더라도 자신 있는 남자한테 더 끌리잖아요.

그런데 며칠 전, 그 자신감이 도를 넘는 일이 벌어지고 말았습니다.

점심이나 먹자고 해서 우리 동네 피자집에서 만났는데

갑자기 백화점에 갈 일이 생겼어요.

내가 샐러드를 욕심내서 담다가

그만 윗부분이 살짝 무너져 내리는 바람에

옆 사람 옷에도 튀고, 내 옷도 엉망이 되었거든요.

그래서 집에 들어가겠다고 하니까

녀석이 끝까지 백화점에 가서 옷을 사주겠다고 고집을 피우더라구요.

그래서 못 이기는 척 백화점에 따라갔죠.

그런데 숙녀복 매장엔 관심도 없고,

친구가 일하는 매장에 가서 잠깐 인사만 하고 오자고 몇 번을 조르는 거예요.

그래서 알았다고 하고는 따라갔더니, 글쎄 말이에요.

보석 코너에서 일하는 과 친구에게 날 여자친구라고 소개하고,

그것도 모자라서 커플링을 맞추러 왔다고 하는 게 아니겠어요?
그래서 분위기상 왜 이러느냐는 말도 못 하고
그냥 덥석 손가락 사이즈를 재고 반지를 맞추고 왔습니다.
그리고 오늘이 찾으러 가는 날이에요.
그 녀석이 싫진 않은데... 그런데 왜 이렇게 망설여지는 걸까요?
사실 내 방 서랍 어딘가에 그 사람이 선물한 반지가 아직 남아 있을 거예요.
버린 적 없으니까... 있겠죠.
고이 간직한 건 아니지만, 버릴 수는 없었던 거겠죠.
마음이 미로처럼 복잡해서 출입구를 찾을 수가 없습니다.
문자가 왔어요.
'나, 문 밖에 너무 오래 세워두지 마. 시리고 추워...'
웃고 있지만 마음이 아플 녀석을 생각하니 내 마음이 아픕니다.
내 마음이 이만큼 아프니까
이젠 녀석에게 문을 열고 따뜻한 방을 내주어도 되겠죠?
반지 상자를 찾아봐야겠어요. 버려야 다시 채울 수 있으니까요.

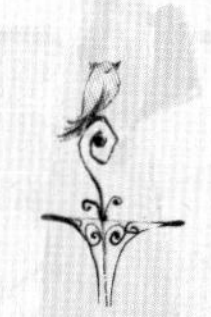

사랑이... 사랑에게 말합니다.
사랑의 상처 위에는 꼭 새살이 돋는다고,
사랑의 상처를 치료하는 특효약은 사랑뿐이라고...

#025
매일 피자 먹는 남자

모르겠어요. 뭐가 맞지 않는다는 건지...
물론 맞지 않는 거 있죠.
그녀는 스파게티랑 피자를 좋아하는데,
난 김치찌개랑 곱창구이를 좋아한다는 거.
그녀는 차 타고 드라이브하는 걸 좋아하는데,
난 손 꼭 잡고 산책하는 걸 좋아한다는 거.
그렇다고 이런 이유로 헤어지는 연인은 없잖아요.
일주일 전, 그러니까 정확하게 158시간 전
우리가 자주 가던 피자집에서 그녀를 만났습니다.
마주 앉은 그녀가 냉정한 목소리로 또박또박 말하더군요.
"나 부담스러워. 네가 가진 것들 모두...
그래서 내가 가진 것들을 맘 편히 보여줄 수가 없어.
우리, 이제 그만 만나자."
"못 들은 걸로 할게. 우리, 샐러드 먹자.
내가 담아 올게. 기다려."
애써 태연한 척했지만, 순간 앞이 막막했습니다.
샐러드 바 앞에서 접시를 들고 멍하니 서 있다가
그만 옆 사람이 떨어뜨린 샐러드에 옷이 다 망가져버렸어요.
미안하다고 몇 번이나 사과하는 그 사람에게 그만 불똥이 튀었습니다.
나도 모르게 그 사람에게 버럭 화를 냈거든요.
그녀에게 내고 싶은 화를 엉뚱한 사람에게 내버린 거죠.
그녀는 그리 넉넉하지 못한 환경에서 자랐습니다.
예쁘고 똑똑한 그녀에게 그건 가장 큰 콤플렉스였던 모양이에요.

아버지가 일찍 돌아가셔서 어머니 손에 자랐다고 하더라구요.
그런데 이런 이야기를 그녀에게 직접 들은 적은 단 한 번도 없습니다.
모두 그녀의 가장 친한 친구에게 들은 얘기예요.
그녀의 어머니께 전화를 드려야겠습니다.
혹, 그녀가 고향집에 내려가지는 않았는지,
지난번에 부쳐드린 겨울 내의는 잘 받으셨는지...
그녀는 아직도 내가 그녀의 어머니와 전화 통화를 하고
가끔 찾아가서 뵙기까지 한다는 걸 모릅니다.
그녀를 세상에 낳아준 어머니이기에 나에게도 똑같은 어머니라는 걸
바보 같은 그녀는 모르네요.
벨이 울리는 걸 보니 배달시킨 피자가 왔나 봐요.
"매일 혼자 한 판을 다 드세요?"
사실, 그녀가 왜 피자를 좋아하는지 아직 잘 모르겠거든요.
이런 노력까지 하고 있는 날, 그녀는 정말 떠나버린 걸까요?

사랑이... 사랑에게 말합니다.
누구에게도 보인 적 없고 말한 적 없는
꼭꼭 숨겨둔 아픔까지 보여주고 말해줄 때,
사랑은 깊이를 알 수 없게 깊어진다고...

사랑은 깊이를 알 수 없는 바다와 같습니다

#026
검도하는 여자

이젠 끝내고 싶어요.
앞이 빤히 내다보이는데
이런 마음을 계속 품고 있는 건 낭비일 뿐이죠.
시간 낭비, 마음 낭비, 사랑 낭비.
그 사람은 한 여자뿐인데, 그걸 알면서도 마음이 자꾸만 그 사람에게 기울어요.
해바라기처럼 그 사람을 찾아 고개를 돌리네요.
하지만 그렇다고 해서 내 마음이 가는 대로 내버려둘 순 없죠.
그러면 안 되는 거니까요.
그런데 사실 그를 안 건 내가 먼저예요.
고등학교 때부터 같은 동네에 살고 같은 학원에 다녀서
자연스럽게 친구가 됐거든요.
알고 보니 엄마들끼리도 아는 사이여서 더 친해졌죠.
바나나 우유를 좋아하고, 고기보다는 생선을 좋아하고,
피자나 스파게티 같은 느끼한 음식은 싫어하고,
오랫동안 검도를 배웠고, 검도복 입은 모습이 참 멋지다는 걸...
그 사람의 여자친구이자 나의 절친한 친구인 유정이보다 내가 먼저 알았는데,
그런데 그 사람은 허물없는 술친구가 필요할 때만 날 찾네요.
유정이에 대해서 궁금한 게 생길 때만 날 찾네요.
그녀를 알게 된 건 불과 일 년밖에 되지 않았는데
그날, 그녀를 데리고 영화를 보러 가는 게 아니었어요.
한 시간 전쯤 그 사람에게서 전화가 왔습니다.

유정이가 연락이 안 된다고, 혹시 나와 같이 있느냐고...

아니라고, 나도 전화 통화한 지 며칠 됐다고 하니까

유정이 어머니께 전화를 해봐야겠다고 하면서 끊더군요.

그러더니 저녁에 술 한잔 하자고 방금 전에 문자를 보내왔습니다.

또 답답한 일이 생긴 거겠죠. 그녀는 말을 안 하고 말이에요.

털털하고 예쁘지 않은 난, 그 사람에게 동성친구와 똑같은 거겠죠.

그냥 검도장이나 가야겠어요.

그 사람을 따라 검도를 배웠는데 이제는 일상이 되었습니다.

오늘은 그 사람의 사랑을 함께 고민해줄 여력이 없네요.

내 사랑이 너무 힘들어서... 내 사랑이 살갗이 다 벗겨져버려서...

내 사랑을 먼저 추슬러야겠어요.

그런데... 저기 마을버스에서 그가 내리고 있어요.

무슨 일로 차까지 놔두고 나갔을까요?

마을버스를 탄 건 처음 봐요.

술 마실 작정을 단단히 했거나, 운전을 할 수 없을 만큼 괴로운 일이

있는 거겠죠.

아는 척을 할까 말까... 갈등 중입니다.

사랑이... 사랑에게 말합니다.

마음을 들켜서는 안 된다고,

그럼 우정마저 지킬 수 없게 된다고...

24 시간
YD
편의점
24 시간 편의점

24시간

#027

청첩장 받은 남자

내가 여기에서 일하는 건 어떻게 알았을까요?
동창회에서 우연히 들었을 수도 있고
일부러 수소문해서 알아봤을 수도 있겠죠. 그건 잘 모르겠어요.
아무튼 '학교 앞' 정류장에서 버스를 세우려고 속도를 줄이는데
누군가 내 얼굴을 긴가민가하는 표정으로 바라보고 서 있었습니다.
버스가 정류장에 정차하자 내 얼굴을 다시 한 번 확인하고는 버스에 오르더군요.
그녀였습니다.
우연히 일어난 일이 아니라는 걸 그녀의 표정에서 알 수 있었죠.
침착하고, 담담했거든요.
운전대를 두 손으로 꽉 잡았습니다.
그녀가 버스비를 내고 등을 돌려 뒤쪽으로 걸음을 옮기는 순간,
두 팔에 힘이 쫙 풀렸거든요.
그녀가 나를 떠난 그날은 두 다리에 힘이 쫙 풀렸는데...
갑자기 그녀 부모님께서 마음이 변하신 게 아니라면
약속을 지키러 온 거겠죠.
만약 결혼하게 되면 다른 사람한테 전해 듣기 전에
서로 제일 먼저 얘기해주자고 했거든요.
다음 정류장인가에서 한 남자가 탔는데 보기에도 귀티가 났습니다.
아니나 다를까 버스에 올라타면서 요금이 얼마냐고 묻더군요.
교통카드도 필요 없고, 마을버스 요금이 얼마인지도 모르고 살아가는 남자.
세상 부러울 것 없어 보이는 그 남자가... 참 부러웠습니다.

나도 아버지 사업이 기울지만 않았어도
마을버스 요금이 얼마인지 모르고 살아갔을지도 모르죠.
그리고 그녀를 지킬 수 있었을지도 모릅니다.
하지만 지금의 난 마을버스를 운전하는 기사일 뿐이에요.
종점에 도착하니 버스에 남은 사람은 그녀뿐이었습니다.
나지막한 그녀의 목소리가 뒷좌석에서 들려왔어요.
"나, 약속… 지키러 왔어. 아니 사실은 마지막으로 보고 싶어서…"
눈물이 왈칵 쏟아질 것 같아서 뒤를 돌아볼 수가 없었습니다.
"축하한다… 부모님도 안녕하시지?"
"잘돼서… 우리 부모님이랑… 나랑… 보란 듯이 잘 살아줘. 갈게…"
그녀가 앉았던 자리에 흰 봉투가 놓여 있었습니다.
사인펜으로 쓴 내 이름이… 번져 있더군요.
그리고 지금, 번진 이름이 또 번지고 있습니다.
청첩장 속의 그녀가 왼쪽 볼에 보조개를 보이면서 환히 웃고 있는데
난, 왜 눈물이 나는 걸까요?

사랑이… 사랑에게 말합니다.
어디에서 뭘 하며 살고 있는지 궁금해도 알려 하지 말라고,
때론 모르는 게 약이 될 때가 있는 거라고…

#028

짚신 찾는 여자

아니, 찬물도 위아래가 있는 법인데
아침 식탁에서 하나밖에 없는 동생이 폭탄선언을 했습니다.
만나고 있는 남자가 있는데
이번 주에 우리 집에 인사를 시키겠다는 거예요.
그러더니 나에게 이러더라구요.
"청첩장은 언니가 다 알아서 해줘.
그래도 언니가 명색이 청첩장 디자이너인데
동생한테 그 정도는 해줄 수 있지?
미안해... 어쩔 수 없잖아. 나도 이제 곧 서른인데..."
순간, 밥풀이 목구멍에 걸려 사레가 들었어요.
기침을 하고, 밥상에 밥풀이 다 튀고... 난리가 났죠.
그랬더니 참고 있던 엄마가 드디어 한 말씀 하시더군요.
"누가 데려갈지... 내 딸이지만 정말 걱정된다 걱정돼."
신경질이 나서 더 이상 밥을 먹을 수가 없었어요.
그래서 모자만 눌러 쓰고 현관문을 꽝 닫고 나와버렸습니다.
왜 다들 시집을 못 보내서 안달인지 모르겠어요.
서른 넘고는 명절이나 무슨무슨 이름 붙은 날이 제일 싫어요.
며칠 후면 아버지 생신인데
그날도 야근한다고 핑계대고 찜질방에나 가야겠습니다.
친척들이 몰려와 동생은 시집가는데 넌 뭐 하고 있느냐고
또 한바탕 속을 긁어놓을 거 아니에요?
지하철엔 연인도 참 많네요.
저렇게도 좋을까요?

주위 사람들 눈은 아랑곳하지도 않고,
저기는... 아예 여자가 남자 무릎을 베고 누워서 잠이 들었네요.
전화가 왔어요.
며칠 후에 청첩장을 찾으러 오기로 한 사람인데
샘플로 나온 게 있으면 오늘 미리 한 장만 받아가고 싶대요.
그래서 그러라고 했습니다. 다 무슨 이유가 있겠죠.
그런데 신부가 어리면 확실히 예쁘긴 한 것 같아요.
방금 전화한 손님도 스물대여섯 살쯤 됐는데
웃는 모습이 정말 천사처럼 예쁘더라구요.
왼쪽 볼에 보조개까지 쏙 들어가고 말이에요.
사실, 뭐 나라고 그런 드레스 입고 싶지 않아서 시집 안 가겠어요?
어찌어찌하다 보니 나이만 들고, 특별히 이뤄놓은 일도 없고,
여러 친구들 사는 모습 보니까 눈만 높아지고... 그러는 거죠.
나도 알아요. 점점 따지는 거 많아지고 까다로워진다는 거...
하지만 그렇다고 나이 때문에 평생 같이 살 사람을 대강 고를 순 없잖아요.
난, 한번 끝까지 내 마음에 꼭 드는 남자 찾아볼래요.

사랑이... 사랑에게 말합니다.
주위의 따가운 눈총은 상관하지 말라고,
언젠가 딱 맞는 짚신을 찾는 날이 찾아올 거라고...

#029

위로가 되고 싶은 남자

할머니께서 ‘크리스마스’를 ‘크레마스’라고 부르셨다며
또 눈물이 그렁그렁 맺히네요.
그녀가 작은 트리라도 만들어 할머니께 갖다드리고 싶다고 해서
함께 트리 용품을 사러 왔습니다.
난 이렇게 옆에 서 있어도 별 위안이 되지 않나 봐요.
좀 섭섭하긴 하지만 그래도 어쩔 수 없죠 뭐.
엄밀히 따지면 그녀에게 난… 가족이 아니라 남일 뿐이니까요.
그녀는 아직도 믿을 수 없나 봅니다.
자꾸만 아무도 없는 빈 집에 전화를 걸어요.
어쩌면 할머니께서 받으실지도 모른다고 하면서요.
그녀의 이런 행동들, 난 이해할 수 있어요.
그래서 더 아픕니다.
나도 어렸을 때 부모님이 맞벌이를 하셔서
시골에 있는 할머니 댁에서 자랐거든요.
내가 동네 아이들과 싸움을 하고 와도,
뛰어놀다 집 유리창을 와장창 다 깨 먹어도,
할머니께선 늘 잘했다고 칭찬을 해주셨죠.
그런 할머니께서 내가 고등학교 때 돌아가셨어요.
다시는 할머니를 뵐 수 없다는 사실이 믿기지 않아서 울고 또 울었습니다.

아마 지금... 그녀도 그럴 거예요.

게다가 그녀에겐 하나밖에 없는 가족이었으니까 더하겠죠.

내가 아무리 그녀를 끔찍하게 사랑하고 아낀다 해도

그녀의 뻥 뚫린 가슴을 채워줄 순 없는 것 같아요.

지금은 그냥 그녀가 원하는 대로, 하고 싶은 대로,

그렇게 내버려두는 게 그녀를 위해 내가 할 수 있는 최선인 것 같습니다.

어제는 아침부터 집 앞에 와서 할머니께 같이 가달라고 하더군요.

밤새 얼마나 울었는지 눈두덩이 수북해져서 말입니다.

도대체 며칠을 안 자고 울기만 했는지

지하철에 앉자마자 내 무릎에 쓰러져 잠이 들더라구요.

안쓰럽고 가여워서...

그녀의 머리카락을 쓰다듬고, 또 쓰다듬어주었습니다.

어, 그녀 가방에서 털실 뭉치가 툭 떨어져 굴러가고 있어요.

할머니 목도리를 떠드린다고

하지도 못하는 뜨개질을 한 달째 하고 있었는데...

그녀의 할머니께선 너무 일찍 그녀를 두고 가버리셨네요.

언제쯤 그녀가 손에서 저 털실 뭉치를 놓을 수 있을까요?

사랑이... 사랑에게 말합니다.

그녀에게 든든한 뿌리가 되어주라고,

사랑은 아픔을 공유할 때 더 깊이 뿌리 내린다고...

#030

미팅 준비하는 여자

단체 문자가 도착했어요.

다음 주 토요일에, 그러니까 크리스마스이브에

스키장 콘도 예약을 완료했다는 진희의 문자예요.

유선이, 소라, 혜진이, 그리고 진희와 나... 이렇게 오총사거든요.

작년 크리스마스에도 다섯 명이 함께 보냈는데

올해도 역시 우리끼리 보내게 생겼네요.

물론 친구들과 보내는 크리스마스도 재밌죠.

하지만 매년 그렇게 보내다 보니 걱정이 되긴 해요.

우리에게 무슨 결함이나 문제가 있나 싶기도 하고...

우리가 성격이 좀 유별난가? 그건 아닌 것 같아요.

그럼 외모가 떨어지나? 이건 절대 아닌 것 같아요.

우린 모이기만 하면 서로 예쁘다... 예뻐졌다... 그러거든요.

그런데 혹시, 이것 때문일까요? 다들 공주병?

손님이 왔어요. 트리 용품을 사러 왔나 봐요.

가게 입구에 진열해놓은 별 모양 전등이랑 커다란 구슬,

산타 인형, 선물 상자 등을 만지작거리며 서 있네요.

여자 셋이 왔는데, 표정을 보니 우리 집엔 마음에 드는 게 없나 봐요.

장사를 하다 보니 이젠 사람들 표정만 봐도 대충 알겠어요.

어젠 털실 뭉치까지 던져가면서 싸우는 커플이 왔는데

처음 가게에 들어서는 순간부터 표정이 예사롭지 않다 싶었어요.

내가 잠깐 화장실에 다녀왔더니

여자는 눈물을 뚝뚝 흘리고 있고,

저만치에선 털실 뭉치가 데굴데굴 굴러가고 있더라구요.

아마 심하게 타툰 모양이었습니다.

그 모습을 지켜보고 있는데, 기가 막히게도 이런 생각이 들었어요.

'나도 저렇게 다툴 애인이라도 있으면 좋겠다...'

그래도 어제 그 손님들은 작은 트리나무랑 장식 종 몇 개를 사 갔는데

아무래도 저 세 여인은 다른 집으로 갈 것 같네요.

내 예상이 맞았습니다.

그런데 저 세 여인도 우리와 비슷한 상황일까요? 그건 아니겠죠?

내 친구들 말이에요.

내가 보기엔 다들 나름대로 개성도 있고 매력도 있거든요.

그런데 왜 이 모양일까요?

내 동생 말대로, 친구들끼리 너무 몰려다니니까 심심할 틈이 없어서

남자친구의 필요성을 잘 느끼지 못하는 걸까요?

아무래도 안 되겠어요. 나라도 나서야겠습니다.

아는 오빠한테 5 대 5 미팅 자리를 마련해달라고 부탁해야겠어요.

그런데 내 친구들이 다들 나보다 조금 더 예쁜데... 같이 나가도 괜찮을까요?

사랑이... 사랑에게 말합니다.

친구와 애인이 채워줄 수 있는 부분은 분명 다르다고,

연애하고 싶다면 심심해지라고... 고독해지라고...

#031

마법에 걸린 여자

마법에 걸린 것 같아요.
누군가 코를 찡긋거리거나 귀를 만지작거려서
마법을 건 게 틀림없습니다.
영화 〈그녀는 요술쟁이〉에서처럼요.
그를 만난 건 우연이라고 하기엔 너무 운명적이에요.
그날, 친구에게 부케를 받기로 해서 결혼식에 가고 있었는데
누가 옆으로 지나가면서 빵빵거리는 거예요.
곁눈질로 한 번 힐끗 봤는데 모르는 사람 같더라구요.
그래서 다시 가던 길을 뛰어가려고 했어요.
결혼식에 늦었거든요.
그런데 뒤에서 차문이 열리고 닫히는 소리가 나더니
누군가 내 이름을 크게 부르는 게 아니겠어요?
뒤를 돌아보니 바로 그 녀석, 아니 그였습니다.
초등학교 때는 그냥 그랬는데, 멋진 차에 옷도 센스 있게 입고...
한 마디로 근사한 남자가 되었더라구요.
"이런 데서 만나다니... 너무 반갑다.
나 평소에 이 길로 잘 안 다니거든...
그런데 오늘 이상하게 이 길로 오고 싶더니
아무래도 너 만나려고 그랬나 보다..."
나도 참 신기하고 반가웠어요.
그가 잘 다니지도 않는 그 길을 그 시간에 지나지 않았다면,
내가 부지런을 떨어 친구 예식에 늦지 않았다면,
그랬다면 우린 만날 수 없었겠죠?

더 신기한 건, 내가 자주 가는 단골 호프 집이 있는데
그가 바로 그 옆에서 호프 집을 하고 있지 뭐예요?
오늘은 그의 가게에 멋진 트리를 만들어주고 싶어서
친구들과 필요한 소품들을 사러 나왔어요.
그런데 가게 주인이 팔 생각이 없는지 나와보지도 않네요.
아무래도 옆 가게에서 사야겠어요.
그에게 전화가 왔습니다.
오늘 고등학교 친구들이 가게에 오는데,
소개해줄 테니 예쁘게 하고 오라네요.
친구들을 소개해준다고 하는데 왜 이렇게 떨리죠?
그의 친구들에게 잘 보이고 싶어요.
트리 용품은 내일 사기로 하고 오늘은 그냥 들어가야겠어요.
그냥 가자고 했더니 친구들이 살짝 삐쳤습니다.
니들이 좀 이해해줄 수 없겠니? 마법에 걸렸거든…
내 마음이 내 마음대로 되지 않아. 사랑에 빠졌거든…
뭘 입고 나가면 좋을까요? 치마를 입을까요, 청바지를 입을까요?
머리는 어떻게 하는 게 좋을까요?
하나로 얌전히 묶을까요, 길게 늘어뜨릴까요?

사랑이… 사랑에게 말합니다.
운명이 1초만 엇갈렸어도 만나지 못했을 거라고,
그래서 세상의 모든 사랑은 마법처럼 신비로운 거라고…

#032
메모지를 받은 남자

궁금해요. 아주 많이 궁금합니다.

여전히 찰랑거리는 단발머리가 잘 어울리는지,

여전히 마음에 안 드는 일이 있으면 입술을 깨무는지,

아직도 겨울이면 벙어리장갑을 고집하는지... 보고 싶습니다.

그녀 소식을 들었습니다.

어제 가게에 송년회를 하는 팀이 몇 테이블 있었는데

그중 한 테이블에 앉아 있던 여자 분이 낯이 익더라구요.

그래서 몇 번 힐끗 쳐다봤는데

그녀도 날 어디서 많이 본 것 같았는지 서로 눈이 마주쳤습니다.

어디에서 봤더라... 하고 기억을 더듬고 있는데

그녀가 카운터 쪽으로 다가왔어요.

그러더니 조심스레 묻더군요.

"혹시... 옛날에 은주 남자친구... 맞죠? 저 기억 안 나세요?"

'은주'라는 이름에 순간 정신이 아찔했습니다.

그녀와 헤어진 후, 한 번도 소리 내 불러본 적 없는 이름, 은주...

행여 그녀가 듣기라도 할까 봐 가슴에만 묻어둔 이름, 은주...

그녀가 떠난 후, '은주'라는 이름이 붙은 간판만 봐도

하루 종일 기분이 울렁거려서 아무것도 하지 못했습니다.

그런 은주의 소식을 우연히 가게에 온 그녀의 친구에게서 전해들은 겁니다.

인테리어 디자이너로 일하고 있고, 결혼은 아직 안 했다는군요.

촉촉해진 내 눈빛을 보더니

그녀 친구가 메모지에 그녀 전화번호를 적어 건네주었습니다.

"보고 싶으면... 전화해보세요."
그녀 소식을 더 전해 듣고 싶었지만
함께 온 사람들이 그 친구를 하도 불러대는 바람에 더 이상 들을 수가 없었습니다.
사실 그동안 어떤 여자를 만나도 자꾸만 그녀와 비교하게 되고,
그러다 보니 헤어지게 되고 그랬거든요.
그래서 차라리 혼자인 나를 선택하게 되었습니다.
알고 있어요. 이제 와서 오래전 돌아선 그녀의 마음이
다시 내 옆 자리로 돌아오긴 힘들겠죠?
그래도 그녀를 처음 있던 자리로, 내 옆 자리로 불러올 수 있는 방법,
그런 방법이 없을까요?
문 밖에 눈이 내립니다. 그리고 저만치서 단골손님이 걸어오고 있네요.
그런데 오늘도 우리 집이 아닌 옆집으로 들어가는군요.
얼마 전부터 우리 집엔 통 안 오네요.
괜찮아요. 이러다가 언젠가 다시 발걸음을 우리 집으로 돌리겠죠.
예전 익숙했던 게 그리워질 때...
나도 이미 익숙해진 그녀에게 돌아가고 싶습니다.

사랑이... 사랑에게 말합니다.
다른 이유를 찾지 말라고,
아직 그녀의 이름에 가슴 시린 것만으로도 그녀를 다시 만날 충분한 이유가 된다고...

#033
질투하는 여자

그 사람, 내 스타일이 전혀 아니거든요.
난 강이 보이는 분위기 있는 카페 몇 개 정도는 알고,
이탈리안 식당에 가서 긴장하지 않고 메뉴를 고를 수 있고,
와인 정도는 라벨을 보고 내게 설명해줄 수 있는,
적어도 이 정도 되는 남자여야 쳐다보기라도 했거든요.
그런데 이 남자는 강이 보이는 카페는커녕 자판기 커피 값도 아까워해요.
그리고 와인은커녕 술은 역시 소주를 따라갈 술이 없다나요?
이런 사람한테 마음이 갈 리 없잖아요.
그런데 이런 말도 안 되는 사람이 며칠 전 내게 와서는 데이트 신청 비슷한 걸 했어요.
"크리스마스에 뭐 해요? 둘이 소주나 한잔 할래요?"
기가 막혀서... 그걸 데이트 신청이라고 하다니...
그래서 그냥 톡, 쏴줬어요.
"제가 왜 김 대리님하고 소주를 마셔요?"
그런데 이상하게 말이에요.
말은 그렇게 해놓고선...
집에 와서 침대에 누웠는데 자꾸 그 사람 표정이랑 말투가 생각나서 피식피식 웃음이 나는 거예요.
그런 내 모습을 보고는 깜짝 놀라서
이러면 안 된다고, 이건 말도 안 된다고 내 머리를 쥐어박았습니다.
정말 그 남자 내 스타일 아니거든요.
그런데 어제 우리 부서 송년 모임이 있었어요.

그 자리에서 그 사람이 다른 여직원하고 친한 척을 하는데
그게 그렇게 보기 싫더라고요.
그 여직원이 아마 그 호프 집 주인하고 아는 사이인가 봐요.
그래서 카운터 앞에 서서 주인과 몇 마디 얘기를 나누고 있는데
그 남자가 빨리 자리에 와서 앉으라고 그 여직원을 큰 소리로 불러대는 거예요.
그런데 그게 말이에요, 묘하게 기분이 나쁘더라니까요.
그래서 계속 술만 마셔댔어요. 그랬더니 오늘 머리가 아프네요.
그 남자가 진통제 한 알을 내밀고 있습니다.
아무래도 불안해요.
이번 크리스마스에 이 남자와 닭똥집에 소주 한잔 걸치고 있는 거 아닐까요?
이 일을 어쩌죠. 큰일이네요.
이 남자 정말, 내 스타일 절대 아니거든요.
지금 내 마음이 그 말로만 듣던,
'내가 갖기는 싫고 남 주기도 싫은...' 그 못된 심보일까요?

사랑이... 사랑에게 말합니다.
서로 하나씩 맞춰가는 게 사랑이라고,
처음부터 딱 맞는 톱니바퀴는 없는 거라고...

#034

오해하지 않는 남자

그냥 모른 척할래요.

그래서 아무 일도 일어나지 않고 지금처럼 그녀를 볼 수 있다면

그런 일 따위는 없던 일로 할 수 있습니다.

분명 오해가 있을 거예요. 오해라면 나 혼자 풀면 돼요.

당황하는 그녀의 표정, 어쩔 줄 모르는 그녀의 모습,

난 그걸 보는 게 더 힘들 것 같습니다. 더 참기 힘들 것 같습니다.

어제 백화점에서 근무하는 동창 녀석이 전화를 했어요.

나와 내 여자친구가 팔짱을 끼고 가는 뒷모습을 멀리서 언뜻 봤는데

바빠서 아는 척을 못했다고, 섭섭해할까 봐 전화했다고 하더군요.

그게 언제였는지, 그녀가 머리를 풀고 있었는지 묶고 있었는지...

그런 건 하나도 묻지 않았습니다. 알고 싶지 않으니까요.

아마 어른들께 드릴 선물을 사러 갔는데

그날 본 것 같다고만 둘러댔습니다.

당장 약국 문을 닫고 들어가고 싶었지만

아무 일도 없는 거니까, 우리에겐 아무 일도 없는 거니깐...

평상시와 똑같은 시간에 문을 닫았습니다.

멍하니 넋을 놓고 앉아 있는데

이 건물 7층에 근무하는 김 대리가 진통제를 사러 왔더군요.

자주 숙취해소 드링크를 사러 오는 단골손님이거든요.

진통제를 주고 나서 가만히 앉아 있는데... 아파왔습니다.

이 아픔을 멈출 수 있다면, 이 통증을 멈출 수 있다면,

약국 안에 있는 진통제란 진통제는 다 찾아 삼키고

싶었습니다.

그런 마음으로 몇 알을 삼켰는지 모르겠어요.
그런데, 그래도... 아프더군요.
숨을 쉴 수 없을 만큼 아팠습니다.
누군가 약국으로 들어오고 있습니다.
차림새를 보니 이삿짐센터에서 온 모양이에요.
"전화가 안 돼서 그러는데, 혹시 오늘 이사 가는 집이 몇 호인지 아십니까?"
"503호로 올라가보세요."
어제 동창 녀석 전화를 받고 있을 때
503호 아가씨가 잠깐 들러 이사 간다고 인사를 하고 갔거든요.
난, 그녀와 팔짱을 끼고 있던 남자... 정말 궁금하지 않습니다.
친척 오빠일 수도 있고 친한 선배일 수도 있잖아요.
난 그녀를 잃고 살아갈 용기가 없습니다.
가끔 누군가에게 그녀의 소식을 전해 듣고,
그녀와 함께 간 곳에서 아무렇지도 않게 다른 여자와 밥을 먹고...
난 그럴 수 없을 것 같습니다.

사랑이... 사랑에게 말합니다.
정말 견딜 수 있겠느냐고,
아무 일 없던 것처럼 변함없이 사랑할 수 있겠느냐고...

#035

이사 가는 여자

"좀 참고 기다렸다가 봄에 하지, 하필이면 이 추운 한겨울에 이사를 한다고 난리야."
어젯밤에 그래도 친한 은희에게는 말을 해야 할 것 같아서 이사한다고 문자를 넣었더니, 당장 전화를 해서는 그러더군요.
그래도 춥다고 투덜거리면서도 와주었네요. 그녀와 그녀의 반쪽.
우리 넷은 항상 같이 다녔어요.
이젠 우리 넷이라 부를 수 없는 관계가 되었지만,
불과 몇 달 전만 해도 우린 늘 '우리 넷'이었습니다.
그녀와 그녀의 반쪽은 아직도 내 눈치를 살피네요.
이 두 사람이 정말 괜찮은 남자라면서 일 년 전쯤에 그 사람을 내게 소개해주었어요.
은희 남자친구의 고등학교 동창이에요.
어제도 그와 함께 술자리를 했다는 걸 알고 있는데
두 사람 모두 그에 관한 이야기는 한 마디도 꺼내지 않네요.
아마도 인.연.이. 아니었겠죠.
난 집이 지방이라서 서울에서 직장 생활을 하며 혼자 지내고 있어요.
그러다 보니 내 친구 은희와 은희의 반쪽, 그리고 나와 나의 반쪽이었던 그 사람...
이렇게 넷이서 우리 집에서 자주 놀았어요.
같이 보드 게임도 하고 맥주 파티도 하고,
라면 끓이기 고스톱도 치고,
주말이면 비디오를 잔뜩 쌓아놓고 밤새 영화도 보고...
많은 추억을 차곡차곡 쌓아가면서 우리 넷은 행복해했죠.

그런데 이젠 그 추억이 싫어서 도망가고 있습니다.
그와 함께한 시간들을 마주 볼 수가 없어서,
그 안에서 숨을 쉬고 살아갈 수가 없어서,
아무것도 없던 처음으로 돌아가기 위해서 이사를 갑니다.
포장이사를 했는데도 이것저것 챙길 게 많네요.
"이건 어떡할까요?"
그와 찍은 사진을 넣어둔 액자를 통째로 휴지통에 버렸더니
이삿짐센터 남자가 버려도 되느냐고 다시 한 번 확인합니다.
대답을 못 하고 있으니 은희가 이리 달라면서 챙겨두는군요.
사진 속의 우리 두 사람은 활짝 웃고 있습니다.
그땐 오늘 같은 날이 오게 될지 몰랐으니까요.
서로 차지하고 있던 마음을 비워주고 다른 곳으로 이사를 해야 하는
오늘 같은 날이 오게 될지 몰랐으니까요.
내가 이사를 가면, 그도 내 마음에서 이사를 갈까요?
그런데 그는 아직 짐을 쌀 생각도 안 하네요.

사랑이... 사랑에게 말합니다.
가슴에 지은 집을 허는 데는 시간이 필요하다고,
이사를 간다고 살던 집이 사라지는 건 아니라고...

#036

처음 그때가 그리운 남자

속은 걸까요, 아니면 내 눈의 콩깍지 때문에 보지 못한 걸까요?
요즘의 그녀를 보면, 삼 년 전 만난 그녀는 사라지고
새로운 여자를 만나고 있는 것만 같은 착각이 듭니다.
작은 벌레만 봐도 소리를 지르며 내 품으로 파고들던 그녀가
이젠 바퀴벌레도 손바닥으로 꾹, 눌러 잡습니다.
그리고 나보다 무서운 영화도 잘 보고 밥도 많이 먹습니다.
처음 만날 땐 샐러드 같은 예쁜 것만 먹던 그녀가 입맛까지 변했는지
곱창 먹으러 가자, 어디 순댓국이 끝내준다... 그러면서 나를 끌고 다
닙니다.
다 먹고 나선 잘 먹었다며 꺽~ 하고 트림까지 거침없이 해대죠.
정말 연애 초기엔 상상조차 할 수 없던 일이에요.
그것뿐만이 아닙니다. 말투도 완전히 바뀌었습니다.
부드럽고 달콤하고 애교 많던 그녀는 사라지고
씩씩하고 터프한 그녀만이 남아 있습니다.
처음 데이트할 때의 수줍음, 서로 잘 보이고 싶은 설렘,
이제 그런 건 우리 사이에 물 건너 가버린 걸까요?
하루가 멀다 하고 모자를 푹 눌러 쓰고 맨 얼굴로 내 앞에 나타나는
그녀를 보면 왠지 씁쓸하기까지 합니다.
머리도 안 감고, 화장도 안 하고, 옷도 대충 입고... 이런다는 건
이제 나에게 잘 보이고 싶은 마음이 전혀 없다는 증거잖아요.
어제도 집에서 입던 트레이닝복에 모자를 눌러 쓰고 나왔더라구요.
그래서 내가 그랬어요.
"은희야, 예전처럼 예쁘게 화장 좀 하고 다녀."

그랬더니 친구네 이사 도와주러 가는데
무슨 꽃단장을 하고 오느냐면서 소리를 버럭 지르더군요.
예전에는 무슨 얘길 해도 사랑스럽고 다소곳했는데
이젠 무슨 얘길 해도... 무섭습니다.
저기 지나가는 저 커플은 둘 다 한껏 멋을 낸 걸 보니
사귄 지 얼마 안 된 연인인 것 같군요.
짧은 치마에 긴 부츠, 그리고 찰랑거리는 긴 생머리...
나의 그녀도 저런 때가 있었는데... 신비로울 때가 있었는데...
그리고 그 뒤에 바로 걸어가는 커플은 우리와 비슷한 거 같네요.
그런데 이렇게 안타까워하며 투정부리는 내 모습을 거울에 비춰보니
역시 마찬가지군요.
우리에겐 지금, 처음의 그 팽팽하고 짜릿한 긴장감이 절실히 필요한
것 같습니다.
어떻게 하면 처음 그때 그 감정으로 돌아갈 수 있을까요?

사랑이... 사랑에게 말합니다.
세월도 갈라놓을 수 없는 정이 들어가는 거라고,
사랑이 강해져 정이 되어가는 거라고...

#037
문제 생긴 여자

눈이 많이 오면 힘들다던데 올해는 유난히 눈이 많이 내리네요.
예전 같으면 지금쯤 그와 함께 스키장에서
즐거운 시간을 보내고 있을 텐데
올해는 혼자 이 추운 겨울을 지키고 있습니다.
오늘 그의 친구인 은석이와 면회를 가기로 했어요.
입대하기 전 그는 은석이에게 나를 부탁하고 갔습니다.
다른 남자 못 만나게 감시하고, 생일은 꼭 챙겨주고,
특히 한 번 간 곳은 죽어도 다시 못 찾아가니까
길 모른다고 전화하면 짜증내지 말고 잘 설명해주고,
심야 영화 보는 거 좋아하니까 짬짬이 불러내서 영화도 보여주고…
백 가지도 넘는 부탁을 하고 갔습니다.
그의 친구는 그의 부탁을 잘 들어주었어요.
하루에 한 번씩 전화를 해서
밥은 먹었는지 아픈 데는 없는지 챙겨주었고,
토익 시험 보러 가는 날에는 시험장까지 데려다주었습니다.
그리고 생일 날에도 내 나이만큼 장미 스물두 송이를 선물해주었죠.
사실 그보다 더 지극 정성이었어요.
그런데, 그래서… 아무래도 문제가 생긴 것 같습니다.
처음엔 부담스럽던 은석이의 친절이, 점점 기다려져요.
이러면 안 된다는 거 알아요.
그런데도 난 오늘 짧은 치마에 긴 부츠를 신고 나왔습니다.
지난번에 은석이 만날 때 이러고 나갔더니 잘 어울린다고 했거든요.
그가 나라의 부름을 받고 온 부대 면회실에서 그를 기다리고 있습니다.

은석이와 나, 둘 다 한 마디도 하지 않고 문 쪽만 바라보고 있어요.
오다가 빙판 길에서 미끄러질 뻔했는데
다행이 은석이가 손을 잡아주어서 넘어지진 않았습니다.
그런데 그 순간 서로 눈이 마주쳤고,
왜 그랬는지 둘 다 당황해서 눈길을 피했어요.
그리고 그 이후부터 서로 한 마디도 하지 않고 있습니다.
그가 좋아하는 치킨이랑 콜라를 잔뜩 사 왔는데... 그가 늦네요.
치킨이 식어가고 있습니다. 다 식기 전에 그가 왔으면 좋겠어요.
그리고 우리의 사랑이 식어버리기 전에 그가 제대하면 좋겠습니다.
옆 테이블의 여자는 혼자서 남자친구를 기다리고 있고,
저 뒤 테이블에는 남자 혼자서 친구를 기다리고 있어요.
이렇게 다들 혼자서 잘 기다리는데, 왜 난 이 모양이죠?
저기, 그가 걸어오는 모습이 보입니다.
왜 나를 이 친구에게 부탁하고 간 걸까요? 바보처럼...
난 아직 그를 사랑합니다. 그런데 이 마음은 도대체 뭘까요?
내 사랑에게 미안해해야 하는 일,
내 사랑에게 상처를 주는 일,
그런 일만은 절대 일어나지 않기를 바랄 뿐입니다.

사랑이... 사랑에게 말합니다.
추워서 그런 것뿐이라고,
올 겨울엔 유난히 눈이 많이 내려서 그런 것뿐이라고...

#038
면회 가는 남자

터미널 가판대에서 십자낱말풀이를 샀는데 집중이 잘 안 되네요.
오랜만에 이 버스를 타니 옛날 생각도 나고 감회가 새롭습니다.
휴가 나왔다가 복귀할 때마다 이 버스를 탔거든요.
그녀와 십자낱말풀이를 하면서 부대까지 가곤 했는데...
어쩌면 내 동생도 그랬을지 모르겠습니다.
그런데 동생이 여자친구와 헤어진 것 같아요.
휴가 나왔을 때 보니까 친구들이 아무리 불러내도 안 나가고,
그 좋아하는 게임도 안 하고, 밥도 잘 먹지 않고,
꼼짝 않고 혼자 방에 틀어 박혀 있더라구요.
군인에게 그럴 일이 뭐가 있겠습니까?
아무래도 이상해서 동생이 복귀한 후 동생 방에 들어가봤습니다.
그랬더니 역시 그녀와 찍은 사진들을 다 치웠더군요.
그녀에게 받은 선물도 하나도 보이지 않았습니다.
"형, 나 여자친구 생겼다. 되게 예뻐. 사진 보여줄까?"
첫 데이트를 하고 들어와서는
여자친구 자랑에 밤이 새는 줄 모르던 녀석인데,
얼마나 가슴이 무너져 내리고 있을까 생각하니
내 가슴이 다 시큰거렸습니다.
컴퓨터 바탕 화면도 그녀 사진, 침대 머리맡에도 그녀 사진,
휴대폰 초기 화면도 그녀 사진, 지갑 안에도 그녀 사진...
동생의 모든 공간을 온통 그녀가 도배했었어요.
그런데 복귀한 동생의 방에는
그 어디에도 그녀의 흔적이 남아 있지 않았습니다.

나도 상병을 달고 나서 얼마 안 돼서 여자친구와 헤어졌어요.
지금은 이렇게 담담하게 얘기할 수 있지만
그땐 정말 죽을 만큼 힘들고 괴로웠습니다.
지금 녀석의 마음도 그럴 거라고 생각하니
안쓰럽고, 화가 나고, 그녀가 참 밉습니다.
복귀하던 녀석의 뒷모습이 자꾸만 눈에 밟혀
이렇게 맥주라도 한잔 사주려고 면회를 왔습니다.
기다리는 동안 낱말풀이나 할까 했는데 버스에 두고 내렸나 봐요.
면회실 문 열리는 소리에 뒤를 돌아봤는데 동생이 아니네요.
면회객이 치킨을 사 왔는지 면회실 가득 치킨 냄새가 진동을 합니다.
우리도 치킨에 생맥주 한잔 하러 가야겠어요.
동생에게 위로 같은 건 하지 않을 겁니다.
지금 그 어떤 말도 들리지 않을 테니까요.
그냥 꼭 끌어안고 이렇게 말해줄 생각입니다.
"너 제대하면 그까이꺼 여자… 형이 부산까지 줄 세워줄게."

사랑이… 사랑에게 말합니다.
그녀의 사랑은 떠나도 가족의 사랑은 언제나 그 자리에 있다고,
가족의 사랑은 죽은 나무에서도 꽃을 피우는 법이라고…

#039

어리광 받아주는 여자

아마 그의 친구들도 그의 부모님도 상상할 수 없을 거예요.
남들 앞에서는 남자답고 터프한 그가
내 앞에선 이렇게 천진난만한 아이가 된다는 걸 말이에요.
그의 특기는 '엄살 부리기'예요.
감기 기운이 조금만 있어도 머리가 터질 것 같고 열이 펄펄 난다면서
응급실에 가야 될 것 같다고 난리가 나요.
그러다가도 어머니께 전화가 오면
세상에 둘도 없는 의젓한 아들 목소리를 하고는 전화를 받습니다.
전화를 끊고 나면 언제 그랬냐는 듯 바로 어리광 모드로 돌아오죠.
그의 취미 생활은 '삐치기'입니다.
사실 오늘 여기까지 온 것도 다 그의 삐침을 막기 위해서예요.
한번 삐치면 오래가거든요.
어제 저녁 대구로 출장을 간 그가
오늘 새벽 전화를 해서는 이러는 거예요.
"나, 몸살 났어. 으슬으슬 춥고... 아무래도 이러다 죽을 것 같아...
보고 싶어... 이리 와."
도대체 철이 있는 건지 없는 건지...
철이 없기는 나도 마찬가지인 것 같아요.
그 말도 안 되는 어리광에 고속버스를 타고 이 대구까지 한걸음에 날아온 나도 참 이해가 안 가거든요.
그런데 대구 터미널에서 만나자마자 더 기막힌 얘기를 늘어놓습니다.
"너 보니까 몸살 기운이 싹 가셨어. 갑자기 괜찮네.
길 막히기 전에 서울 올라가자."

그러면서 하얀 이를 드러내고는 귀엽게 웃고 서 있습니다.
그래서 내가 기왕 대구까지 왔으니 그 유명하다는 막창이라도 먹고 가자고 했더니, 자기는 징그러워서 안 먹겠대요.
그래서 지금 그의 차를 타고 서울로 올라가는 중입니다.
이번엔 운전하는데 졸음이 온다고 어리광을 부리네요.
면허도 없는 내가 대신 운전을 해줄 수도 없고, 어떡하면 좋을까요?
참, 십자낱말풀이를 하면서 가면 좀 덜 졸리겠죠?
아까 버스에서 누가 앞좌석에 놓고 내린 걸 갖고 왔거든요.
"가로 세 글자… 어리고 예쁜 태도를 보이며 버릇없이 구는 짓.
자기가 잘하는 거 있잖아?"
점점 강도가 심해지는 그의 어리광,
이쯤에서 따끔하게 잡아야 될 것 같은데…
그러면 내가 너무 심심해지겠죠?
내 앞에서만 그러는 건데 뭐 어때요?
그만의 특별한 사랑 표현이라고 생각할래요.
어, 옆 사람이 끼어들기를 하니까 터프하게 창문을 내리고 충고를 합니다.
이것 봐요, 다른 사람 앞에선 터프! 그 자체라니까요.

사랑이… 사랑에게 말합니다.
장난 섞인 어리광 속에 사랑이 듬뿍 담겨 있는 거라고,
내 앞에서만 어리광 부리고 애교 부리는 사랑을 고마워하라고…

#040
비상구를 찾는 남자

오늘 아침 면도를 하면서 결심했습니다.
거의 일주일 동안 면도도 안 하고 이만 겨우 닦고
세상 다 산 사람처럼 하고 다녔거든요.
그랬더니 아무 말도 안 했는데 회사 사람들이 다 알더라구요.
실연엔 소주가 최고라면서 술 한잔 사주겠다는 상사도 있고,
휴가 내고 어디 조용한 곳에 가서 낚시나 하면서
마음을 비우고 오라는 동료도 있고,
여자 잊는 데는 무조건 바쁜 게 최고라면서
일을 산더미처럼 떠넘기는 겁 없는 후배도 있습니다.
사람들의 이런 조언을 뒤로하고,
난 시원하게 머리를 밀어버리는 것으로 내 아픔을 달래기로 결정했습니다.
그래서 지금 미용실에 가는 길이에요.
앞 차가 깜빡이도 켜지 않은 채 끼어들기를 하려다가
옆 차선 사람에게 욕을 먹고 있습니다.
그 상황을 뒤에서 보고 있는데 문득 이런 생각이 스쳤어요.
그녀의 인생에 깜빡이도 켜지 않은 채 끼어들었으니
이만큼 아프고... 이만큼 힘들어도... 할 말이 없는 거라고요.
허락 없이 끼어든 사람은 나니까요.
잘못한 사람은 나니까요...
유학 간 남자친구가 곧 돌아온다고 하는데도
내가 상관없다고 했어요.
그리고 자주 전화를 했고, 자주 선물을 했습니다.

그러면서 데이트 비슷한 걸 시작하게 됐죠.
그녀를 만나는 횟수가 늘어날수록 내 마음은 그녀에게 더욱 기울었고,
끝내 난 중심을 잃어버렸습니다.
혼자서는 아무것도 할 수가 없는 그런 사람이 되어버렸어요.
그녀가 내 삶의 중심이 되었으니까요.
그런데 일주일 전, 그녀의 남자가 돌아왔습니다.
처음부터 위험한 길을 선택한 사람은 나니까
그녀를 원망할 이유는 없습니다.
옆에 앉은 아가씨도 머리를 짧게 잘라달라고 하는 걸 보니
나만큼 아픈가 봅니다.
세상을 다 잃은 듯 핏기 없는 표정이네요.
난 지금 그녀 안에 갇혀 밖으로 나갈 비상구를 찾고 있는 중입니다.
그런데 어디로 나가야 하는지 도무지 모르겠습니다.

사랑이... 사랑에게 말합니다.
사랑의 금단 현상을 이겨낼 수 있겠느냐고,
중독된 사랑을 해독하는 데는 시간만이 약이 된다고...

#041
숨고 싶은 여자

여기에서 보게 될 줄은 몰랐어요.
오랜만에 단골 미용실을 찾아왔습니다.
예전에 머리를 만져주던 헤어 디자이너를 찾았죠.
샴푸를 하고 젖은 머리를 수건으로 감싸고 자리에 와 앉았는데
어디에서 많이 본 듯한 남자의 뒷모습이... 거울에 비치네요.
남자의 옆에는 한 여자가 다정하게 앉아 자신의 머리스타일을 의논하고 있습니다.
단발머리를 하라는 남자의 손짓이 보여요.
늘 나에게도 찰랑거리는 단발머리를 하라고 그랬죠... 저 남자.
우리가 함께 다니던 이 미용실에 그는 이제 다른 여자와 함께 오는군요.
"오랜만이네요. 어떻게 해줄까요?"
"아주 짧게 잘라주세요."
계획에도 없던 짧은 머리를 주문해버렸습니다.
적어도 우리의 추억이 묻어 있는 장소는 새로운 사랑에서 제외하는 게,
그게 지나간 우리의 사랑에 대한 최소한의 예의가 아닐까...
뭐 이런 상념에 빠져 있는데 웨딩 플래너인 선배에게 전화가 왔어요.
"너, 결혼할 때 웨딩 플랜은 나한테 맡겨야 된다. 알았지?"
눈치 없는 선배의 전화에 참고 있던 서러움이 복받쳐 오릅니다.
옆에 앉은 남자처럼 머리를 박박 밀어버리고 싶은 심정이에요.
그런데 저 남자는 무슨 일로 저렇게까지 하는 걸까요?
마치 당장 속세를 떠나기라도 할 표정입니다.
물론... 그에게 여자친구가 생겼을 거라고는 생각했어요.
그런데 막상 이렇게 직접 보게 되니 표정 관리하기가 힘듭니다.

저 둘은 아직 나를 발견하지도 못했는데
왜 나 혼자 안절부절 못하는 걸까요?
난 그와 헤어진 후 다섯 달 동안 거의 집에만 있었어요.
그랬더니 살이 오를 대로 올라 볼이 터질 지경입니다.
그런데, 그녀는 예쁘네요... 그와도 잘 어울려요... 나보다 훨씬 더.
미용실에서 만나기로 한 경희가 일이 생겨 못 온다고 연락이 왔어요.
그럼 난 여기에 혼자 앉아서... 어떤 포즈로, 어떤 표정을 짓고 있어야 하죠?
나에게 한 것처럼 그녀에게도 그렇게 다정하겠죠?
겨울이면 손난로를 챙겨주고
새 구두를 신고 나오는 날에는 반창고를 건네주고...
그는 잘 지내고 있는 것 같네요.
나도 이젠 잘 지낼 수 있을 것 같습니다.

사랑이... 사랑에게 말합니다.
헤어진 이유를 떠올려보라고,
지난 사랑에선 아름다운 향기만이 피어오르는 거라고...

#042

미래를 알고 싶은 여자

남자에게 절대 하지 말아야 할 것...

칭얼대지 않기, 다그치지 않기, 부담주지 않기.

그동안 연애에 몇 번 실패하면서 깨닫게 된

내 나름대로의 연애 철칙이에요.

그래서 이번만큼은 절대 그러지 않으려고 노력했어요.

일이 많아서 주말에 못 만난다고 해도

하루 종일 전화가 안 돼서 답답해도 칭얼댄 적 없고,

내 앞에서 다른 여자의 전화를 다정하게 받아도

단 한 번도 누구냐고 물은 적 없습니다.

그런데 이젠 한계에 다다른 것 같아요.

이런 어정쩡한 상태로 올해를 넘길 수는 없습니다.

후배 디자이너가 오더니 날 찾는 손님이 기다리고 있대요.

오랜만에 찾아온 손님이네요. 그런데 살이 좀 많이 붙으셨는데요.

“이 손님 샴푸 해드려요.”

난 멋진 프러포즈 같은 건 바라지도 않아요.

그냥 우리의 미래에 대해 어떤 생각을 갖고 있는지만 정확하게 말해줬으면 좋겠습니다.

일주일에 한 번 만나 데이트하고, 매일 잠들기 전에 전화 통화하고,

때 되면 서로 섭섭하지 않을 만큼 선물하고... 그게 다예요.

친구가 내 연애 진도를 보더니 이 남자는 나와 결혼할 마음이 없으니까

일찌감치 포기하고 결혼정보회사에 같이 등록이나 하자고 해서

사실은 며칠 전에 가봤어요.

그런데 막상 가니까 못 들어가겠더라고요.

어떤 남자가 친절히 문을 열어주지 않았다면
그냥 되돌아왔을지도 모릅니다.
반은 재미 삼아, 반은 호기심 삼아 갔는데
상담을 받으면서 여러 가지 생각이 스쳤어요.
'난 그 사람을 사랑하는 걸까?
아니면 결혼하기에 이 정도면 괜찮다 싶어 붙잡고 있는 걸까?'
결국 생각만 더 복잡해져서 돌아왔습니다.
어, 그런데 이 일을 어쩌죠?
아까 오랜만에 온 여자 분의 옛 남자친구가 새 여자친구와 함께 들어
오고 있어요.
그런데 왜 내가 어쩔 줄을 모르죠?
여자 분이 샴푸를 하고 오면 마주치겠네요.
오늘 처음이자 마지막으로, 그 사람에게 하고 싶던 얘기들을 다 해야
겠습니다.
헤어지게 되더라도 올해가 다 가버리기 전에 말해야겠어요.

사랑이... 사랑에게 말합니다.
어쩌면 한 번도 칭얼대지 않아서, 다그치지 않아서, 부담주지 않아서
서운해할지도 모른다고,
사랑하지 않는다고 느끼고 있을지도 모른다고...

#043

진취적인 남자

매년 있던 일이고 익숙한 일인데 올해는 좀 다릅니다.
마음이 몹시 어수선하네요.
한 오 년 전부터인 것 같아요.
그때부터 고등학교 동창 녀석들과 함께 새해를 맞는 게
하나의 관례처럼 되었습니다.
그때만 해도 다들 여자친구가 없었거든요.
그래서 집에서 지지리 궁상 떨면서 새해를 맞는 것보다
우리끼리 모여서 건설적으로 새해를 맞이하자는 게 취지였습니다.
어느 해는 맥주를 마시며 함께 카운트다운을 했고,
어느 해는 해돋이를 보러 동해로 가는 고속도로에서 새해를 맞기도 했습니다.
그런데 언제부터인가 한 명씩 여자친구를 데리고 나오기 시작했어요.
그리고 이젠 나를 제외한 다섯 명 모두 커플로 참석합니다.
올해도 열한 명이 함께 카운트다운을 하며 한강에서 폭죽도 터뜨리고,
새해 이루고 싶은 소망들도 나누고,
배 모양의 카페에서 새해 첫 커피도 마셨습니다.
카페 안에는 온통 커플들뿐이더군요.
그중에는 강아지까지 데리고 온 커플도 있었어요.
여럿이 온 사람들도 우리처럼 홀수로 있는 사람은 없더군요.
"올해엔 여자친구 꼭 생길 거예요."
녀석들의 여자친구들이 덕담이라고 해주는 말이
내겐 비수처럼 가슴에 꽂혔습니다.
평균치보다 작은 키, 어눌한 말주변, 센스 없는 패션 감각…

뭐, 그럼에도 불구하고 여자친구가 꼭 생기길 바란다는 말처럼 들렸거든요.

순간, 올해부터는 달라지겠다고 결심했습니다.

좀더 적극적으로, 진취적으로 살아야겠다고 다짐했습니다.

그리고 기다리지만 말고 찾아 나서기로 했습니다.

일도 사랑도 모두 말이에요.

그래서 지금은 결혼정보회사에 상담을 받으러 왔습니다.

문 앞에서 들어올까 말까 망설이는 두 여자 분의 모습이 보입니다.

저 두 여자 분도 나와 같은 새해 결심을 한 거겠죠.

쑥스럽기는 하지만 용기를 내 다가가서 문을 열어주었습니다.

혹시 모르는 일이잖아요. 둘 중 한 여자 분이 내 인연일지도.

나도 올해 마지막 날에는 애인과 당당하게 모임에 나갈 겁니다.

사랑이... 사랑에게 말합니다.

스스로를 믿고 사랑하라고,

자신감 있는 사람이 사랑도 쟁취하는 거라고...

#044

개띠가 되고 싶은 남자

내게 소원이 있다면 그녀와 단둘이 데이트를 하는 겁니다.
우리 사이에는 극복해야 할 장벽이 있습니다.
바로 그녀의 애완견 '짬이'죠.
그녀는 정말 짬만 나면 '짬이' 생각입니다.
밥은 잘 먹었는지, 응가는 잘 했는지, 다치지는 않았는지...
어쩔 땐 정말 질투가 날 지경이에요.
나에게는 사랑 표현도 잘 하지 않고 인색한 그녀가 짬이에겐 그렇지 않거든요.
하루 종일 안아주고 뽀뽀하고 쓰다듬고...
그것도 모자라서 한 침대에서 데리고 자기까지 한다니...
내가 짬이보다 못한 대접을 받는 건 확실합니다.
며칠 전에는 정말 너무하더라구요.
같이 새해를 맞이하자고 12월 31일에 만나기로 해놓고는
갑자기 나올 수가 없다는 겁니다.
이유는 식구들이 다 나가고 없어서 짬이를 혼자 내버려둘 수 없다는 거였죠.
그래서 어쩔 수 없이 짬이도 데리고 나오라고 했더니
그때서야 순순히 나오겠다고 그러더라구요.
그날 짬이 때문에 얼마나 고생을 했는지 모릅니다.
가는 곳마다 강아지를 데리고 들어갈 수 없다고 그러잖아요.
다행히 무슨 배 모양의 카페에 갔는데 거기는 가능하더군요.
하지만 주위 사람들의 따가운 눈초리는 피할 수 없었습니다.
가시 방석에 앉아 있는 듯 불편하고 민망했어요.

그래도 한 해의 마지막을 싸우며 보낼 수 없어서... 내가 참았습니다.
그런데 오늘 또 전화를 해서는 약속을 못 지키겠다는 겁니다.
짬이가 장이 탈이 나서 병원에 데려가야 한다는 거예요.
그래서 어쩔 수 없이 짬이를 데리고 그녀와 함께 동물병원에 왔습니다.
짬이를 걱정하고 간호하는 그녀의 눈빛을 보니
자존심 상하지만 솔직히 녀석이 부러운 건 사실입니다.
노란 머리띠를 한 여자 분은 여행 가는 동안 강아지를 맡기러 온 모양이에요.
그리고 파란 줄무늬 티셔츠를 입은 남자 분은 강아지가 밥을 잘 먹지 않는다고 걱정이 돼서 데리고 왔군요.
그녀, 무릎 위에서 끙끙거리는 짬이를 내려다보더니
글쎄 올해는 개띠 해니까 짬이를 더 사랑하겠답니다.
아니 이럴 수가... 하늘이 무너지는 것 같습니다.
지금보다 더 사랑하면 도대체 난 어떻게 되는 걸까요?
차라리 나도 그녀의 애완견이 되고 싶습니다.
아니면 그녀에게 사랑받게 개띠라도 되고 싶은 심정입니다.
영원한 나의 라이벌 짬이를 물리치기 위해
올해는 더욱 열심히 그녀를 사랑해야겠습니다.

사랑이... 사랑에게 말합니다.
귀여운 방해자는 사랑을 더욱 간절하게 만든다고,
라이벌을 이기는 방법은 더 많이 사랑하고 이해하는 것밖에 없다고...

#045
달력 거는 여자

오늘에야 새 달력을 걸었어요.
새해 달력을 거래처에서 한두 개 받기는 했는데
디자인이 마음에 들지 않아서 걸지 않고 있었거든요.
그런데 오늘 광화문에 있는 대형 서점에 갔다가
마음에 드는 달력을 발견했어요.
달력을 집었다 놨다 몇 번 반복하다가 결국 사 가지고 왔습니다.
꽃 그림 열두 장이 그려진 달력인데, 그림에서 향기가 났어요.
생각보다 가격이 꽤 나가서 잠시 망설이긴 했지만,
그래도 이렇게 마음에 쏙 드는 달력을 만나는 건 쉽지 않은 일이니까
만났을 때 사자, 놓치지 말고...
그런 마음으로 사 가지고 왔습니다.
사랑도 망설이지 않았다면, 내가 먼저 연락을 했다면...
놓치지 않고 붙잡을 수 있었을까요?
연애 기간이 길어지면서 난 그 사람이 더 소중해졌는데
그 사람은 내게서 점점 마음이 멀어졌어요.
두 사람 중 누구도 "우리, 그만 만나자"고 한 적은 없습니다.
그냥 자연스럽게 헤어졌죠.
왜, 그럴 때 있잖아요.
특별히 싸우지도 않았는데
어느 날부터인가 서로 연락하지 않게 되는 상황,
그러다가 누가 먼저 연락하나 두고 보다가
그게 일주일이 되고, 보름이 되고, 한 달이 되면서
자연스럽게 헤어지게 되는 상황...

우리도 그렇게 끝이 났어요.

새 달력을 침대에서 마주 보이는 벽에 걸었어요.

새 달력을 벽에 거는 일은 이렇게 간단한데

새 사람을 마음에 거는 일은 왜 이렇게 어려운지 모르겠습니다.

내일이 내 생일이에요. 그리고 그 사람 생일이기도 하죠.

생일이 같으면 천생연분이라면서 좋아했는데…

내 첫 생일엔 강아지를 선물받았어요.

짬만 나면 자기 생각을 하라면서

이름도 그 사람이 '짬이'라고 지어주었죠.

그런데 그와 헤어진 후에 짬이를 볼 때마다 눈물이 나서… 마음이 아

파서… 강아지 좋아하는 친구에게 입양을 보냈어요.

먼 곳으로 보낼 수도 있었는데 가까운 친구에게 보낸 건

아마 그 사람을 너무 멀리 보낼 자신이 없었기 때문이겠죠.

다시 돌아올 수 있는 거리에

그를 놓아두고 싶은 미련 때문일 겁니다.

사랑이… 사랑에게 말합니다.

심장에 새겨진 이름을 지울 수 없다면 용기 내서 불러보라고,

부를 자신이 없다면 새 이름을 가슴에 걸라고…

#046

첫눈에 반한 여자

처음 보는 순간 안 것 같아요.

지독한 사랑에 전염돼 그에게서 벗어날 수 없게 될 거라는 걸...

묘한 매력을 가진 남자거든요.

불안한 눈빛, 어두운 미소...

세상의 짐을 어깨에 다 짊어진 듯 현실에 두 발을 딛지 못하고 늘 방황했죠.

우린 고등학교 때 미술 학원에서 처음 만났어요.

아마 학원 이름이 '성진 미술 학원'일 거예요.

그는 그때부터 지금까지 쭉 꽃만 그리는데,

그런 그가 그냥... 무작정 좋았습니다.

학원엔 그를 두고 라이벌이 많았어요.

누군가에게 뺏길까 봐 내가 먼저 고백하고 그를 차지했죠.

그와 함께 있는 시간은 초콜릿처럼 달콤했고,

함께 있는 공간은 비스킷처럼 바삭거렸습니다.

하지만 그는 나와 같지 않았을지도 몰라요.

어린 시절 겪은 부모님의 이혼으로

그는 사랑 따위는 믿지 않는 사람이 되어버렸거든요.

하지만 난 사랑이 존재한다는 걸

그에게 보여주고 싶었습니다.

사랑이 변하지 않고 영원할 수 있다는 걸

그를 향한 내 사랑을 통해서 그에게 가르쳐주고 싶었어요.

그는 언젠가 내가 자기를 떠날 거라고 생각해요.

이렇게 긴 시간을 옆에 있었는데도 아직 내 사랑을 믿지 않습니다.

사랑하는 사람에게 상처받는 건 너무 겁나는 일이니까... 그러니까 그런 거겠죠.
자신을 지키기 위한 본능일 거예요.
지난 연말 내내 우울해하면서 밤새 뭔가를 그려대더니
꽃을 그려넣은 캘린더를 작업했더라구요.
새해 첫날, 인쇄된 달력을 내게 건네는 그에게 처음으로 물어봤어요.
왜 그렇게 꽃만 그리는지.
그랬더니 대답은 짧고 간결했습니다.
"어머니께서 좋아하셨어. 꽃을 보면 삶이 느껴지신다고..."
얼마 전, 미국에서 혼자 살고 계신 어머니가 건강이 악화됐다는 소식을 들었나 봐요.
그래서 어머니께 선물하려고 캘린더 작업을 했구요.
아마 아들이 만든 달력이 다 넘어갈 때까지는 살아 계셔야 한다는 간절하고도 절실한... 무언의 부탁이겠죠.
이런 마음이 담긴 캘린더인 줄 알면
더 많은 사람이 걸어두고 보고 싶어 할 텐데...
오늘도 누군가... 이 달력을 벽에 걸었을까요?

사랑이... 사랑에게 말합니다.
그의 방황이 끝나는 날 분명 고마워할 거라고,
어둠이 사라지고 상처가 아무는 날 분명 꼭 안아줄 거라고...

#047
징크스를 깨고 싶은 남자

또 신호에 걸렸습니다.

그녀를 만나러 홍대 앞으로 가는 길인데

아무래도 오늘은 왠지… 분위기가 안 좋을 것 같군요.

난 운전을 하면서 금세 닥칠 일의 운수를 점치곤 합니다.

'신호에 걸리는 횟수가 많으면 짜증나는 일이 생기고,

한 번도 신호에 걸리지 않고 목적지까지 가면 일이 순조롭게 풀린다.'

뭐, 일종의 나만의 징크스라고도 할 수 있죠.

그녀를 처음 만난 날도 신호에 한 번도 안 걸리고 회사까지 갔습니다.

물론 주차장에서 자그마한 접촉사고가 있었지만,

그건 운수 좋은 일에 해당되니까 내 징크스가 통하는 게 아닐까요?

그녀가 주차를 하다가 그만 내 차에 살짝 상처를 냈습니다.

얼굴이 사색이 돼서 차에서 내린 그녀는

몇 번이나 머리 숙여 죄송하다고 인사를 하고 급하게 명함을 꺼내 내게 건넸습니다.

나도 그때 새 차를 뽑은 지 일주일밖에 안 돼서 무진장 화가 났어요.

그런데 화를 낼 수가 없었습니다.

명함을 건네는 손을 보니 딱, 내 이상형이었거든요.

길쭉길쭉하면서 마디가 굵지 않고, 손톱도 잘 정리되어 있었습니다.

내 손이 우락부락 거칠고 못생겨서 그런지
여자를 볼 때 제일 먼저 손을 보게 되더라구요.
세상의 남녀는 참 다양한 인연으로 만나게 되는 것 같아요.
아무튼 오늘이 그녀를 여섯 번째 만나는 날입니다.
벼룩시장 좌판이 늘어선 놀이터 앞에서 그녀를 만나기로 했습니다.
그런데 누가 다가와 내게 길을 묻네요.
"혹시, 성진 미술 학원 어딘지 아세요?"
모른다고 고개를 가로저을 참인데, 마침 그녀가 도착했습니다.
그녀도 한때 그 미술 학원을 다녔다면서 가르쳐주었습니다.
미술엔 도무지 소질이 없었는데
꽃만 그리는 어느 멋진 오빠가 다녀서 자기도 덩달아 다녔다는군요.
그런데 난 지금 그 멋진 오빠한테 질투 같은 게 전혀 느껴지지 않습니다.
단지 내 머릿속엔 오늘은 꼭, 기필코, 그녀의 손을 잡아야겠다는 굳은 의지뿐입니다.
아직 손을 못 잡아봤거든요.
오늘 오면서 계속 신호에 걸렸는데... 그녀의 손을 잡는 데 성공할 수 있을까요? 내 징크스를 깰 수 있을까요?
지금 내 머리엔 앙큼한 생각뿐입니다.
소질 없는 그림을 그리던 그 손 좀 보자고 하면서... 시치미 뚝 떼고 한 번 잡아볼까요?

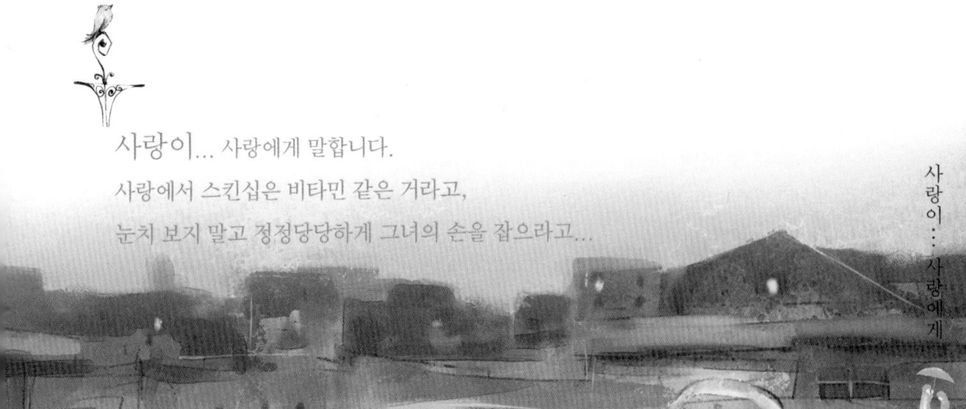

사랑이... 사랑에게 말합니다.
사랑에서 스킨십은 비타민 같은 거라고,
눈치 보지 말고 정정당당하게 그녀의 손을 잡으라고...

#048
추억 파는 여자

설마 망설이고 있는 건 아니겠죠?
오늘부로 서로의 지난 추억은 몽땅 다 팔아버리고
우리 둘만의 새로운 추억을 순도 백 퍼센트로 만들어나가기로 했어요.
우리에게는 단점이라면 단점이고 장점이라면 장점인 문제가 하나 있습니다.
전에 만난 사람을 서로 다 알고 있다는 거죠.
아는 것뿐만이 아니라, 술도 여러 번 같이 마셨습니다.
둘 다 동아리 모임에 종종 옛 연인을 데리고 나왔거든요.
그러다가 어느 시점에 둘 다 사귀던 애인과 헤어지고,
서로 위로해주다가 그만 둘이 눈이 맞아버린 거죠.
어느 날은 데이트를 하는데 그가 예쁜 벨트를 하고 나왔어요.
그래서 내가 물었어요.
"와, 벨트 예쁘다. 어디에서 났어? 선물받았어?"
그랬더니 그가 머뭇거리면서 대답을 못 하더군요.
한때 사랑한 어떤 여자에게서 받은 선물인 거죠.
그 앞에서는 아무렇지도 않은 척했지만 속으론 심통이 났어요.
그가 추억이 덕지덕지 묻은 물건과 함께 있는 게 싫었거든요.
그런데 생각해보니까 내게도 그런 물건들이 꽤 있었습니다.
사실 헤어진 옛 연인에게 받은 선물은 애물단지잖아요.
그래서 내가 먼저 쿨한 척하면서 말했어요.
"우리, 그동안 다른 사람에게 받은 선물은 예의상 다 버리거나
아니면 벼룩시장 같은 데 가서 같이 내다 팔자. 어때?"
벨트 사건이 마음에 걸렸는지 그도 별 고민 없이 찬성했습니다.

그런데 아직 오질 않는 걸 보니 아마도 갈등되는 물건이 있나 봐요.
난 오전부터 나와서 혼자 좌판을 벌이고 앉아 있었더니
온몸이 다 얼어붙을 것만 같습니다.
한 남자가 내 좌판을 가리고 서서 계속 시계를 보고 있어요.
행인들에게 내 좌판이 보이지 않을 것 같아서
좀 비켜달라고 부탁하려는 참인데,
기다리던 여자 분이 도착했습니다.
그런데 만난 지 얼마 안 된 사이인가 봐요.
사이를 좀 두고 걸어가는 뒤 폼이 그런 것 같습니다.
저 사람들은 서로의 지난 사랑에 대해 얼마나 알고 있을까요?
지금 막 도착한 한 남자와 여자가 내 앞자리에 좌판을 벌이네요.
품목은 은공예품인가 봐요. 은반지와 은귀고리가 잔뜩 있습니다.
이 연인들은 서로의 지난 사랑을 어떻게 끌어안았을까요?
그가 왔어요. 택시에서 내리고 있습니다.
얼어붙은 몸도 마음도 사르르 녹고 있습니다.
와줘서 고마워...

사랑이... 사랑에게 말합니다.
지난 사랑에 연연하지 말라고,
사랑은 현재진행형만이 존재하는 거라고...

#049
잠 많은 남자

이놈의 잠이 항상 문제입니다.
아침에 양말을 짝짝이로 신고 출근하는 것도,
매일 계속되는 지각에 선배들의 따가운 눈총을 받는 것도,
모두 이 죽일 놈의 잠 때문입니다.
한번 잠이 들면 정말 누가 업어가도 모른다니까요.
어머님 말씀에 의하면 어렸을 때부터 잠이 많았대요.
아기였을 땐 얌전히 잠만 자니까 어머니를 편하게 해준다고 효자라는 소리도 많이 들었다는데,
유치원을 가고 학교를 다니기 시작하면서 난 점점 불효자가 되어갔습니다.
이유는 모두 잠 때문이에요.
어머니께서 나를 깨우는 데만 한 시간이 족히 드니
얼마나 힘이 드시겠습니까?
집에서 새는 쪽박 밖에서도 샌다고
밖에서 연애를 하는데도 이놈의 잠은 항상 큰 장애물입니다.
영화를 보다가도 코를 드르렁드르렁,
가끔은 운전을 하면서도 꾸벅꾸벅,
특히 밥 먹고 나면 졸음이 쏟아져 얼른 집에 가서 눕고 싶으니
무슨 연애를 할 수 있겠습니까?
그래도 지금 여자친구는 많이 이해해주는 편이에요.
은공예를 하기 때문에 밤샘 작업을 많이 하거든요.
그래서 그녀도 시도 때도 없이 등 붙일 곳만 있으면 잘 졸아요.
그런 것 보면 우린 어쩌면 천생연분일지도 모르겠습니다.

그런데 오늘은 그런 그녀가 화가 많이 났습니다.
그동안 그녀가 만든 반지와 귀고리, 목걸이를
벼룩시장에 내다 팔기로 했는데
내가 역시나 늦잠을 자버렸거든요.
아침 일찍 나가야 좋은 자리를 맡을 수 있다고,
그래야 이번 달 학원비를 낼 수 있다고 몇 번이나 신신당부를 했는데
내가 전화도 받지 못하고 지금까지 자버린 겁니다.
그녀 표정이 어두워요. 잔뜩 찌푸려 있습니다.
아마 오늘만큼은 이런 내가 정말 한심해 보이나 봅니다.
저런 남자를 뭘 믿고 만나나, 그런 생각이 드나 봅니다.
어휴, 그래도 다행이에요. 손님이 왔거든요.
하트 모양의 귀고리를 만지작거리고 있습니다.
그녀의 표정이 조금씩 밝아지고 있어요.
도대체 이 잠을 어떻게 하면 물리칠 수 있을까요?
어떻게 하면 잠에서 자유로워질 수 있을까요?

사랑이... 사랑에게 말합니다.
사랑도 은처럼 변색되기 전에 관리를 잘하는 게 중요하다고,
순도 높은 은이 잘 변하듯 순도 높은 사랑도 변할 수 있다고...

#050
점 보고 온 여자

며칠 전부터 이상한 버릇이 생겼어요.
정류장에 서서 버스를 기다릴 때도, 에스컬레이터에 올라탈 때도,
자꾸만 두리번거리게 돼요.
혹시나 키가 크고, 얼굴이 까무잡잡하고, 곱슬머리인 남자를 만나게
되지 않을까 해서요.
지난 주말에 점을 봤거든요.
친구 정희가 갔다 왔는데 정말 소름끼치게 잘 본다는 거예요.
어느 정도인가 하면요,
정희라는 친구가 지금 양다리를 걸치고 있는데 그것도 단번에 맞히고
두 남자의 생김새까지 아는 사람인 듯 다 맞혔다고 하더라구요.
그 말에 그만 귀가 솔깃해져서 그 먼 곳까지 찾아갔다 왔습니다.
혼자 가기는 좀 그래서 친구 은미랑 같이 갔다 왔어요.
은미가 요즘 남자친구 때문에 고민이 많거든요.
갔더니 정말 유명한 곳이긴 한 것 같더라구요.
대기실에서 번호표까지 받아들고 기다렸다니까요.
기다리면서 궁금한 것들을 조목조목 메모했습니다.
그래야 물어보고 싶은 걸 잊지 않고 물어볼 수 있잖아요.
아무튼 올 상반기에는 남자를 꼭 만날 거래요.
주위에 있을 수도 있으니 멀리에서만 찾지 말래요.
그런데 사실 이 말은 별로 받아들이고 싶지 않습니다.
내 주위에 있는 남자들... 다 그냥 그렇거든요.
점을 본 후로 또 하나 생긴 버릇이 있어요.
눈에 보이는 남자마다 퍼즐 맞추기를 해보는 거예요.

저 남자, 키가 큰가? 아니네.

얼굴이 까무잡잡한가? 하얗네.

곱슬머리인가?

하루에도 수십 명씩 회사 복도에서 마주치는 남자 사원을 두고,

지하철에 주르르 앉아 있는 수많은 남자를 두고 말이에요.

나를 잘 이해해주는 사람이라고 했거든요.

그럼 혹시 오래된 친구 중에 있는 걸까요?

아니면 같은 사무실에 있을까요?

또 뭐라고 했더라... 맞아요. 좀 게으른 게 흠이라고 했는데...

설마 매일 출근부에 지각 도장을 찍는 민규 씨?

혹시 모르니까 앞으로는 지각해도 심하게 말하지는 말아야겠어요.

아니면 영화 동호회의 경섭 씨? 경섭 씨는 곱슬머리가 아닌데...

아니죠, 어쩌면 스트레이트 펌을 했을지도 모르죠.

그런데 사실 누군가 다가온다고 해도

연애한 지가 하도 오래 돼서... 어떻게 시작해야 될지 모르겠어요.

도대체 큰 키에 까무잡잡하고 곱슬머리의 남자! 누굴까요?

사랑이... 사랑에게 말합니다.

그 무엇도 아닌 자신을 믿으라고,

누군가를 애타게 기다리는 마음만으로 이미 연애를 시작할 준비를 끝낸 거라고...

chapter 3

가까이 있어도 늘 그리운 마음이 바로 사랑입니다

#051
바람 맞은 남자

무슨 회사가 야근을 그렇게 많이 시키는지 모르겠습니다.
영화 보려고 예매까지 해뒀는데 표를 날리게 생겼어요.
'나 야근해. 미안. 디자인실 분위기가 살벌. 이따 전화할게.'
그녀의 문자 메시지 내용입니다.
그녀는 화장품 담는 용기를 디자인하는 디자이너예요.
예전에는 여동생 화장대 위에 놓여 있는 화장품들을 보며
낭비도 그런 낭비가 없다고 생각했어요.
내용물에 비해 항상 용기가 넘친다고 생각됐거든요.
그냥 심플한 병에 담아도 될 텐데
왜 이렇게 요란한 병에 담아 팔까, 하고 이해가 가지 않았습니다.
그런데 그녀를 만난 뒤부터 생각이 바뀌었어요.
포장은 낭비가 아니라 예술이라고 말이죠.
얼마 전에는 그녀가 호리호리한 화병 모양의 화장수 용기를 디자인했어요.
요즘 아주 반응이 좋아서 잔뜩 흥분해 있습니다.
그리고 그녀를 만난 뒤 또 변한 게 있어요.
예전에는 말랑말랑한 멜로 영화를 보느니
차라리 그 시간에 자연 다큐멘터리를 보겠다, 뭐 그런 주의였거든요.
그런데 이젠 멜로 영화 속에 삶의 진리가 담겨 있는 것 같습니다.
그녀를 만나기 전에는
멜로 영화를 보면서 사랑 타령이나 하고 있는 사람을 보면
참 할 일 없는 한가한 사람이라고 생각했는데,
이젠 사랑도 모르는 사람이 무슨 인생을 알고 삶을 알겠는가, 뭐 이런

식으로 생각이 바뀌었습니다.
그녀는 내게 프리즘 같은 존재예요.
그녀를 통해 세상의 이면들을 보고 느끼게 됐으니까요.
그래도 오늘은 다행이에요. 영화 보기로 한 걸 잊지는 않았으니까…
그녀는 기억력이 별로 좋지 않아서 깜빡깜빡할 때가 많아요.
그래서 가끔 친구와 본 영화를 나와 봤다고 착각하기도 하고
같이 간 적 없는 카페를 나와 갔다고 우기기도 하죠.
하지만 그런 그녀가 난 참 귀엽습니다.
며칠 전에는 점을 보고 왔다고 해서 뭐라고 했느냐고 물었더니
내 생김새를 다 맞혔다고만 하고, 다른 얘기는 잘 기억나지 않는다고
그러더군요.
야식을 좀 사서 회사 앞으로 가면 잠깐 얼굴은 볼 수 있겠죠.
문자를 보내야겠습니다.
'정희야, 초밥 사다줄게. 좀 이따 잠깐만 나와봐.'
답 문자가 도착했습니다.
'오지 마. 와도 못 나갈 거야. 미안.'
섭섭하긴 하지만 그럴 만한 이유가 있겠죠.
난 그녀가 야근을 하고 있을 거라고 믿습니다.

사랑이… 사랑에게 말합니다.
믿음만으로 사랑을 포장하려 하지 말라고,
때론 의심하는 마음도 사랑임을 인정하라고…

#052
무대에 서는 여자

오전부터 나와서 동대문 시장을 돌아다니고 있어요.
소품으로 쓸 단추도 사고, 새로 들어갈 작품의 의상도 보려고 왔습니다.
난 정말 드라마나 영화에서나 일어나는 일인 줄 알았어요.
뭐, 이런 뻔한 스토리 있잖아요.
'사랑하는 연인이 한 쌍 있는데
남자의 부모, 특히 어머니가 두 사람의 교제를 반대하고
처음엔 아들에게 헤어지라고 요구하나 말을 듣지 않자
아들의 여자를 찾아가 먼저 떠나달라고 요구한다.'
오빠 어머님의 마음을 이해하지 못하는 건 아니에요.
물론 평범한 며느리를 보고 싶으시겠죠.
오빠 어머님께서 분장실로 찾아오셔서 마지막으로 내게 남기고 가신
말씀이 자꾸만 귓가에 맴돕니다.
"얼굴에 분칠하는 며느리는 내키지가 않아요."
연극배우인 내가 마음에 들지 않는다는 말씀을 그렇게 하셨어요.
순간, 엄마 얼굴이 떠올라 눈물이 났습니다.
엄마가 이 모습을 봤다면 얼마나 가슴 아팠을까.
이 상황을 옆에서 지켜보던 후배가
슬쩍 내 손에 화장지를 쥐여주더군요.
우리 엄마도 오빠를 썩 내켜하지는 않으세요.
하지만 딸이 사랑한다니까 믿고 허락해주셨는데...
오빠도, 오빠의 어머님도 섭섭하고 야속합니다.
그래도... 그래도... 그렇게까지 말씀하실 필요는 없는데...
내 가슴에 대못을 박으려고 작정을 하신 것 같아요.

그리고 끝까지 나에게 꼬박꼬박 존대를 하셨습니다.
편하게 말씀 놓으시라고 몇 번을 말해도 끝내 고집을 피우시더군요.
머릿속이 복잡해요.
이렇게까지 내 사랑을 지켜야 하는지 잘 모르겠습니다.
어제 맥주 한잔 하면서 오빠한테 솔직하게 다 얘기했어요.
그랬더니 나보고 어머님을 이해해달라더군요.
난 이해할 수 없다는 얘기를 한 게 아니라
그래도 자기를 믿으라는 오빠의 마음을 듣고 싶은 건데...
그는 그렇게 내 마음을 다시 한 번 아프게 했습니다.
화장품도 떨어진 게 많은데
동대문 시장에 온 김에 이것저것 장만해야겠어요.
저기 가느다란 화병 모양의 화장수가 마음에 듭니다.
독특한 디자인에 음... 향도 좋은걸요.
이 향기처럼 우리 사랑도 늘 향기로울 순 없을까요?

사랑이... 사랑에게 말합니다.
포기하지 말라고,
깊은 사랑은 하늘의 마음까지도 변화시키는 거라고...

#053
지갑 잃어버린 여자

어떠한 일이 있어도 서로 절대 거짓말은 하지 말자고 약속했어요.
난 세상에서 거짓말이 제일 싫습니다.
나를 위한다는 이유로 선의의 거짓말을 하는 것도 싫어요.
고등학교 때 엄마가 몹쓸 병에 걸리셨어요.
그런데 엄마는 끝까지 우리들에게 거짓말을 하셨고,
엄마의 말만 철석같이 믿고 있던 우리 자매는
어느 날 갑자기, 아무런 준비도 없이 엄마를 잃었습니다.
그래서 난 그 어떤 이유에서든 거짓말은 정말 싫어요.
물론 알아요. 그도 내가 걱정할까 봐 그런 방법을 쓴 거겠죠.
그는 늘 집에 들어가서 집 전화로 내게 전화를 했어요.
발신자 번호엔 그의 집 번호가 찍혔고,
난 정말 그가 집에서 자고 있는 줄만 알았습니다.
그런데 알고 봤더니, 일단 집에 들어가서 집 전화로 나를 안심시킨 뒤
다시 나가서 밤새 놀았던 거예요.
난 동대문에서 단추 가게를 하고 있습니다.
며칠 전, 가게에 연극하는 단골손님이 왔을 때였어요.
친구가 전화를 해서는, 새벽에 내 남자친구를 봤다고 하면서
어쩌면 이런 상황일지도 모른다고 친절하게 예측까지 해주었습니다.
물론 내 잔소리가 너무 심해서 이런 상황까지 연출이 된 거겠죠.
그 사람에게 전화를 걸어 화를 냈습니다.
왜 내가 제일 싫어하는 일을 했느냐고...
이렇게 빨리 나를 실망시킬 줄은 몰랐다고...
그런데 내가 좀 심하게 자존심을 건드렸나 봐요.

지금까지 며칠째 전화 한 통 없습니다.
그래서 오늘은 가게 문을 일찍 닫고, 그가 살고 있는 오피스텔 앞까지 찾아왔습니다.
여전히 오피스텔 앞에는 포장마차가 즐비하게 늘어서 있군요.
어떡할까 생각하다가, 일단 예전에 그 사람과 한 번 온 기억이 있는 포장마차 '이모집'으로 들어왔어요.
남자 손님이 한 명 있고,
아직 이른 시간이어서 그런지 텅 비어 있네요.
"여기, 소주 한 병하고 오돌뼈 주세요."
이런 사소한 일로 그를 잃어버릴 수도 있다고 생각하니
아무것도 손에 잡히질 않았어요.
왜, 그런 느낌이 들 때 있잖아요.
오늘을 넘겨버리면 왠지 다시는 그 사람을 못 볼 것 같은 느낌…
그래서 여기까지 달려오긴 했는데,
뭐라고 전화를 해서 그를 불러내야 할지 모르겠습니다.
지갑을 잃어버려서 술값이 없다고 해볼까요?
아니, 내가 거짓말을 할 생각을 다 하고 있네요.
이제야 그 사람의 마음을 조금 알 것 같습니다. 이유 있는 거짓말.

사랑이… 사랑에게 말합니다.
더 늦기 전에 그 사람을 불러오라고,
사랑엔 가끔 선의의 거짓말이 필요할 때가 있다고…

#054
복 없는 남자

여자친구가 오기로 했으면 미리 좀 말을 해주든가,
화장실에서 볼일을 보고 있는데 현관 벨이 울렸습니다.
그래서 녀석이 자장면을 시켰는 줄 알았어요.
그런데 글쎄… 녀석의 여자친구가 들이닥친 겁니다.
화장실 변기에 앉아서 얼마나 당황했는지 몰라요.
이 좁은 오피스텔에서 혹시 소리가 새나가지는 않을까
얼마나 걱정이 되고 조마조마하던지…
아무튼 녀석의 막무가내 정신은 알아줘야 합니다.
미리 귀뜸이라도 해줬으면 바지라도 제대로 입고 있었을 텐데
거울에 비친 내 모습을 보니 한숨이 절로 나왔습니다.
십 년쯤 입은 것 같은 무릎 나온 추리닝 패션에 더벅머리,
눈은 떴는지 감았는지 알 수 없을 정도로 잔뜩 부어 있고…
아무튼 누가 봐도 노숙자 패션 그 자체였습니다.
오늘부터 대형 마트에서 주차 아르바이트를 시작해서
들어오자마자 눈을 좀 붙였거든요.
첫날이라서 그런지 많이 피곤하더라구요.
그런데 하필 이런 날 녀석의 여자친구가 방문하다니
나로선 정말 안타까울 뿐입니다.
이런 모습으로 녀석의 여자친구와 첫 대면을 했으니
소개팅 얘기는 완전히 물 건너간 거 아니겠습니까?
난 정말 지지리 복도 없는 놈 같아요.
녀석이 셋이서 함께 비디오를 보든가, 보드 게임을 하든가,
아니면 맥주를 사다 마시자고 하는데

세 가지 제안을 모두 거절하고 그냥 나와버렸습니다.
그게 어디 녀석의 진심이겠습니까? 둘이 있고 싶겠죠.
그래서 약속이 있다고 얼버무리고 일단 나왔어요.
그런데 막상 나오고 나니 갈 데가 마땅치가 않네요.
게임방에 가서 게임할 기분도 아니고 해서
오랜만에 집 앞에 있는 '이모집'에 왔습니다.
녀석이 여자친구가 생기기 전에
둘이 자주 와서는 신세 한탄을 하던 포장마차예요.
우리가 뭐가 모자라서 애인도 없느냐고…
동이 틀 때까지 녀석과 넋두리를 늘어놓던 게 엊그제 같은데
이제는 나 혼자 소주를 마셔야겠군요.
저 여자 분도 혼자 술잔을 기울이고 있는 걸 보니
나만큼이나 세상이 서럽고 아픈 분 같습니다.
오늘밤은 곤드레만드레 취하고 싶습니다.
"이모, 여기 소주 한 병 더 주세요."

사랑이… 사랑에게 말합니다.
너무 부러워하지 말라고,
언젠가 술에 취하듯 사랑에 취하게 될 날이 올 거라고…

#055
세상이 꿀맛인 남자

그녀의 친구들을 만나면 내게 이런 질문을 종종 합니다.
"혜정이 첫인상이 어땠어요?"
그럼 난 웃음을 참지 못하며 이렇게 대답해요.
"머리가 너무 컸어요. 꼬리도 달리고…
그리고 더워 보였어요."
지금도 기억이 납니다.
처음 그녀를 봤을 때, 그녀는 사자 머리를 하고 있었어요.
작년 여름 방학 때 놀이동산에서 동물 가면을 쓰고
사람들과 사진도 찍고 손도 잡아주고… 그런 알바를 했거든요.
난 거기에서 아이스크림 파는 알바를 했는데
어느 날인가 살인적인 더위로 모두 지쳐 있을 때였습니다.
그녀가 아이들과 함께 아이스크림 가판대 앞을 지나가는데
가면 너머로 아이스크림을 향한 그녀의 애절한 눈빛이 보였어요.
그 더운 날 가면에 털옷까지 입고 있으니 얼마나 지쳤겠어요?
그래서 내가 시원한 슬러시를 한 컵 건넸습니다.
사실 그땐 그 사자가 여자인지 남자인지도 몰랐어요.
단지 그냥 같이 알바하는 학생 입장에서 그랬을 뿐인데
그날 저녁 예쁘장한 여학생이 찾아와 내게 삼천 원을 건넸습니다.
"아까 슬러시 잘 마셨어요…"
그때서야 그 머리 큰 사자가 여자라는 걸 알았습니다.
순간, 새콤한 오렌지 맛 슬러시가 얼마나 고맙던지…
그렇게 작년 여름 방학 때도 같이 아르바이트를 하고
올 겨울 방학에도 같이 대형 마트에서 아르바이트를 하고 있습니다.

하루 종일 꼭 붙어 있으려고 같은 곳 알바를 구했는데
약속하지 않으면 얼굴 보기도 힘듭니다.
난 주차 관리 아르바이트를 하고,
그녀는 지하 1층 식품 매장에서 일하거든요.
그래서 문자로 신호를 보내 1층 화장실 앞에서 잠깐 얼굴을 보는 게 전부입니다.
어, 그녀에게서 문자가 왔어요.
손님이 뜸한 시간이니 어제 새로 온 알바생에게 부탁하고 잠깐 화장실에 다녀와야겠습니다.
신입 알바생이 무슨 좋은 약속이 있는지 머리에 잔뜩 힘을 주고 왔네요.
"어제 몸살 기운 있는 것 같다더니... 괜찮아요?
전 화장실에 다녀올게요. 좀 오래 걸리지도 몰라요."
그녀가 시식 코너에 있는 음식 몇 가지를 몰래 싸왔습니다.
화장실 앞에서 뭘 먹고 있으니까 나오는 사람마다 쳐다보고 갑니다.
그래도 나는 꿀맛이에요. 그녀의 사랑이 너무 달콤합니다.

사랑이... 사랑에게 말합니다.
가까이 있어도 늘 그리운 사람이 바로 사랑이라고,
잠깐 보기만 해도 하루 종일 힘이 되는 사람이 바로 사랑이라고...

#056

사진 태우는 여자

아름다운 사람이었어요.
내가 아무리 변덕을 부려도 한 번도 화내지 않던 마음 고운 남자였어요.
남자한테 아름답다, 곱다... 그런 수식어를 붙일 수 있는 게... 쉽지는 않잖아요.
그런데 그 사람은 아름답고... 고왔습니다.
그래서 아.마.도. 싫증이 난 것 같아요.
늘, 변함없이, 항상... 한결같은 그가 권태로웠습니다.
약속을 몇 번이고 번복해도,
일주일씩 잠수를 타고 전화를 받지 않아도,
말도 안 되는 이유로 다시는 전화하지 말라고 토라져도,
그 사람은 내가 만질 수 있고 볼 수 있는 거리에서
그냥 빙그레 웃기만 하고 서 있었습니다.
그런 그가, 난 참 재미없었어요.
그래서 잔인한 방법으로 그를 떠났습니다.
해서는 안 되는 말, 하지만 헤어질 때 꼭 하게 되는 말,
드라마에서 나올 때마다 유치하다고 생각한 말,
"널, 사.랑.한.적. 없.었.어..."
그후, 몇 차례 소개팅을 통해 남자 몇 명을 만났습니다.
그런데 상상도 못한 일이 내게 벌어졌어요.
그를 그리워하게 된 거예요.
어떤 남자도 나의 투정을, 나의 변덕을, 나의 치기를
그처럼 받아주진 않는다는 걸... 그때서야 깨달았습니다.
다시 돌아가고 싶었어요.

그래서 망설이지 않고 그를 찾아왔습니다.
믿었거든요. 여전히 거기에 서 있을 거라고...
그가 살고 있는 동네 버스 정류장에 내려 전화를 했어요.
그러면 맨발로라도 뛰어나올 줄 알았거든요.
하지만 그의 낮은 목소리에서 알 수 있었습니다.
너무 늦었다는 걸, 돌이킬 수 없는 후회일 뿐이라는 걸...
"네가 없으면 세상이 끝나버릴 줄 알았어.
그런데 네가 끝나는 곳에서 새로운 사랑이 시작되더라.
아마... 나도... 너를... 사.랑.하.지.않.은.것.같.다."
달랑 한 장 남겨둔 그와의 사진을 태우고 있습니다.
작년 여름에 놀이동산에 가서 찍은 사진이에요.
가운데에는 사자 가면을 쓴 사람이 서 있고,
양쪽엔 우리 둘이서 손가락으로 브이를 하고 있습니다.
이땐 왜 몰랐을까요?
그 사람이 나의 브이라는 것을... 나의 행운이라는 것을...

사랑이... 사랑에게 말합니다.
모든 걸 내어준, 아쉬움을 남기지 않은 사랑은 돌아오지 않는다고,
후회를 남긴 사랑만이 돌아오는 거라고...

#057

동물원 가는 남자

집 앞까지 바래다주고 싶었는데...

그녀는 버스에서 내리자마자 만나서 반가웠다고, 잘 지내라고,

바래다줘서 고맙다고 하며 악수를 청했습니다.

밤길이니까 집 앞까지 데려다주겠다는 말도 못한 채

난, 내민 그녀의 손을 살며시 잡았습니다.

적당히 따뜻하고 적당히 차가운 그녀의 손,

그녀도 나처럼 악수를 하며 가슴으로 많은 얘길 하고 있었을까요?

가슴으로 얘기한 오 년간의 내 그리움을 들었을까요?

오늘 그녀를 만난 건 정말 기적 같은 일이었습니다.

세상이 좁다고는 하지만 이렇게 좁을 줄은 몰랐어요.

오늘 오후에 민수가 전화를 해서는 당장 무조건 나오라는 거예요.

오늘은 안 되겠다고, 친하게 지내는 누나가 가게를 오픈해서

거기에 가봐야 된다고 다음에 보자고 했습니다.

그랬더니 안 오면 후회할 거라면서 협박하다시피 했어요.

그래서 대학로 뒷골목의 '블루 노트'라는 카페를 찾아갔는데

문을 열고 들어가는 순간, 하마터면 심장이 멎을 뻔했습니다.

그녀가, 거기에 있었습니다.

민수 여자친구의 친구였어요.

민수가 소개팅을 시켜주고 싶은 마음에 내 얘길 꺼냈나 봐요.

"남자가 봐도 정말 멋진 놈인데 소개팅만 하면 동물원엘 간대요.

아마 옛날 여자친구가 동물원 앞에 살아서 그런가..."

이렇게 시작된 내 얘기를 쭉 듣다가 그녀가 물었대요.

"혹시... 그분... 이름이... 이정환...인가요?"

그래서 놀란 세 사람이 날 불러낸 겁니다.
오랜만에 어린이 대공원 앞 버스 정류장에 서 있습니다.
그녀가 이 근처에 살거든요. 그래서 동물원에 자주 갔었어요.
그녀가 이름 붙여준 동물 녀석들... 아직도 저곳에서 살고 있을까요?
숭숭이, 조조, 자자... 원숭이, 타조, 사자의 이름이에요.
그녀의 버릇이에요. 뒤의 음절만 두 번 겹쳐 부르는 거요.
나를 부를 때도 늘 "환환"이라고 불렀죠.
그녀가 악수를 한 뒤 뒤돌아 걸어가고 있습니다.
한 여자가 다가와 대범하게 라이터를 빌려달라고 하네요.
그런데 담배를 태우려는 게 아니라 사진을 태우려고 그랬나 봐요.
버스 정류장의 긴 나무 벤치에 앉아 사진을 한 장 태우고 있습니다.
그녀의 뒷모습이 점점 멀어지고 있어요.
단 한 번만 뒤돌아봐준다면,
달려가 꼭 안으며 말할 용기가 날 텐데...
내 사랑은 아직 재가 되지 않았다고... 지금도 타오르고 있다고...

사랑이... 사랑에게 말합니다.
이번이 마지막 기회일 수도 있다고,
사랑을 놓치고 후회하느니 차라리 용기 내 달려가 잡으라고...

#058
커피 끓이는 여자

한때 사랑 한 번 안 해본 사람이 어디 있겠어요?
난 이 사람을 만나기 위해 태어난 거라고
스스로에게 말도 안 되는 최면을 건 적도 있고,
대학 강의실에서 우연히 몇 번 내 옆 자리에 앉았다는 이유만으로
하늘이 내려준 운명이라고 굳게 믿은 적도 있었죠.
누구의 마음을 아프게 한 적도 있고,
어떤 사람 때문에 가슴이 찢어질 때도 있었습니다.
치졸한 배신에 밤새 베갯잇 적시며 눈물 흘린 날도 있고,
다시는 사랑 같은 거 하지 않겠다고 맹세한 날도 있고,
날 떠난 사람에게 복수하는 길은 죽음뿐이라는 어처구니없는 생각을
한 순간도 있었습니다.
그래서 이젠... 정말 사랑이, 사랑이... 참 지겨워요.
그런데 이런 나에게 연애 상담을 해오는 사람들이 많습니다.
나를 연애 박사쯤으로 여기는 것 같아요.
하긴 이름이 기억나는 남자는 그래도 내가 좀 많이 좋아한 남자구나
하고 생각이 들 정도니까... 연애는 할 만큼 한 거겠죠.
이름이 기억나지 않은 남자가 더 많으니까요.
지난 12년간 끊임없이 반복된 연애 속에서 내가 깨달은 건,
사랑은 변한다... 그러니까 영원한 사랑은 존재하지 않는다...

영원히 나를 지켜주는 건 든든한 통장뿐이다… 그겁니다.

어느 책 제목처럼 난 이제 남자보다 적금통장이 더 좋습니다.

그래서 열심히 일하고 열심히 돈을 벌고 있습니다.

공인 중개사로 일한 지 2년 정도 되고,

어제는 조각 케이크와 커피를 파는 작은 가게도 오픈했습니다.

이름은 '커피가 있는 아침'이에요.

후배 정환이 녀석이 지어준 이름인데, 어제 안 왔더라구요.

연락도 없이 안 올 녀석이 아닌데 무슨 사정이 있겠죠.

다른 후배들은 와서 도와줬어요.

다들 연애 전선에 문제만 생기면 날 찾아오는 단골들이죠.

요즘 들어 날 걱정하는 친구들이 많아요. 내가 점점 황폐해지는 것 같다고.

하지만 난, 단지 예전처럼 남자에 의해 웃고 우는 사람이 아니라

스스로 행복을 찾는 독립적인 사람이 되고 싶을 뿐입니다.

외로움을 견딜 수 없어 연애를 하는 사람이 아니라

어쩔 수 없는 사랑이 찾아왔을 때 진짜 연애를 시작하고 싶을 뿐입니다.

사랑이… 사랑에게 말합니다.

연애를 많이 했다고 진정한 사랑을 했다고 말한 순 없다고,

뿌리 깊은 사랑을 하려면 먼저 뿌리 깊은 사람이 되라고…

#059
지도 보는 여자

이제 겨우 하루밖에 되지 않았는데 한 달은 된 기분이에요.
벌써 이렇게 보고 싶을 줄 알았으면
어제 우겨서라도 공항에 나가는 건데...
남자친구가 어제 아침 비행기로 호주로 어학연수를 떠났어요.
몇 년 유학 가는 것도 아니고 딱 한 달 어학연수 가는 건데
유난 떨지 말고 집에 있으라고 해서... 그냥 그렇게 했습니다.
하지만 알고 있어요. 남자친구의 속 깊은 배려라는 걸요.
공항에서 배웅하고 혼자 집으로 돌아가는 길이 얼마나 쓸쓸하고 허전하겠어요?
그래서 오지 말라고 했을 거예요.
어제 비행기에 오르기 전에 전화를 했는데
왜 그렇게 촌스럽게 눈물이 나는지 참느라고 혼난 거 있죠.
전화를 끊고 나서 오랜만에 세계 지도를 펼쳐 봤습니다.
음, 이렇게 먼 곳으로 날아간 거구나...
열 시간 정도 걸린다고 했으니까 저녁때쯤 도착하겠지... 하면서
종이 위의 호주를 손가락으로 쓰다듬고 또 쓰다듬었습니다.
남자친구가 함께 다녀오자고 했는데, 난 다음에 가겠다고 했어요.
요즘 집안 형편이 여의치가 않은 것 같아서요.
며칠 전에도 엄마가 돈 걱정에 깊은 한숨을 내쉬는 걸 봤거든요.
그래서 난 어학연수 대신 아르바이트를 하기로 결정했습니다.
호주가 여기랑 한 시간 정도 차이가 난다고 하던데
그럼 지금 오후 한 시쯤 됐겠죠? 그는 뭘 하고 있을까요?
점심은 먹었을까요? 음식은 입맛에 맞을까요? 잠자리는 편할까요?

이렇게 궁금한 게 많은데 그에게선 아직 전화가 없습니다.
적응하느라 아직 여유가 없는 거겠죠.
인터넷 취업 사이트를 뒤지고 있는데 마땅한 곳이 안 보이네요.
직접 동네에 나가서 알아봐야겠어요.
피시방 알바를 구한다고 써 붙여놓았는데 벌써 구했대요.
기왕이면 남자친구가 좋아할 만한 알바를 구하고 싶어요.
저기도 알바 모집 광고가 붙어 있는 것 같은데요.
커피가 있는 아침? 못 보던 곳인데... 새로 생겼나 봐요.
내 남자친구가 커피 마니아예요.
커피를 알고 마시면 맛과 향이 다르게 느껴진다면서
내게도 그걸 알게 해주고 싶어서 애썼는데... 난 관심이 없었어요.
그런데 이젠 알고 싶어요. 그가 느끼는 커피 맛... 커피 향...
"여기 아르바이트 구했나요?"
남자친구가 돌아오면 이젠 정말 잘 해줄 거예요.
왜 이렇게 잘못한 일만 생각나는지... 미안하고, 그립습니다.

사랑이... 사랑에게 말합니다.
잠시 떨어져 있어보면 사랑의 진심을 알 수 있다고,
떨어져 지내는 시간만큼 사랑의 키가 훌쩍 자라날 거라고...

#060

명함 받은 남자

그녀는 왜 그렇게 당황했을까요?

왜 내 말문을 막으며 나 대신 대답을 했을까요?

어제 그녀 친구들이 커플끼리 모여 저녁도 먹고 술도 한잔 하자고 해서
그녀와 함께 나갔습니다.

그동안 그녀의 절친한 친구인 지선 씨와 경아 씨가 남자친구가 없어
서 넷이 자주 만났거든요.

그러니까 남자는 늘 나 하나였고, 여자는 셋이었죠.

다들 내가 운영하는 피시방에 와서 거의 살다시피 했어요.

난 동네에서 작은 피시방을 하고 있습니다.

사실 내 입장에선 넷보다는 둘만 함께 있고 싶지 않겠습니까?

하지만 세 여자가 너무 친해서 어쩔 수가 없었어요.

그런데 드디어 지선 씨와 경아 씨에게 남자친구가 생긴 겁니다.

저녁 여섯 시쯤에 회전 초밥 집에서 만났는데

자리에 앉자마자 두 남자가 내게 명함을 건네며 인사를 했습니다.

한 명은 얼마 전에 치과를 개업한 개업의고,

한 명은 잘 나가는 외국 기업의 경영 컨설턴트예요.

권위가 느껴지는 명함 두 장 앞에

컴퓨터에서 다운받아 만든 내 귀여운 캐릭터 명함을 건넸습니다.

난 아무렇지도 않았어요. 내가 뭐 놀고먹는 백수도 아니잖아요.

그런데 그녀는 그렇지 않은 것 같았습니다.

지선 씨 남자친구인 치과 의사가 내게 물었어요.

"실례지만 학번이... 어떻게 되세요?"

내가 대답을 하려고 하는데 그녀가 화제를 돌리더군요.

"그런데 지선이하고 어떻게 만나셨다고 했죠? 소개팅이었나요?"

난 대학을 나오지 않아서 학번 같은 게 없습니다.

고등학교 때 왜 그렇게 공부보다 노는 게 좋던지

재수를 했는데도 대학과는 인연이 닿지 않았어요.

순간, 알았습니다. 그녀가 날 창피해하고 부끄러워한다는 걸요.

기분이 씁쓸했습니다.

그래서 피시방에 가봐야 한다고 양해를 구하고 먼저 일어나서 나왔어요.

그리고 여기에 앉아 밤을 새고, 아침을 맞고, 한낮이 되었습니다.

아르바이트를 알아보려고 한 여학생이 들어왔어요.

귀찮아서 그냥 구했다고 말해버렸습니다.

지금은 그 누구와도 말할 기분이 아니거든요.

난 단 한 번도 그녀를 누구와 비교한 적 없습니다.

나에게 그녀는 늘 자랑이니까요.

사랑이... 사랑에게 말합니다.

자존심을 지켜주려고 그랬을 거라고,

부끄러웠다면 처음부터 이 사랑을 선택하지도 않았을 거라고...

#061

생선 초밥 만드는 남자

오늘따라 웬 손님이 이렇게 많은지 앉을 자리가 없네요.
조금 전엔 한꺼번에 여섯 명이 들어와서
회전 바를 완전히 점령해버렸습니다.
길게 불편하게 앉아서도 명함을 주고받는 걸 보니 서로 초면 같은데
편할 데를 다 두고 굳이 왜 여기에 왔는지 모르겠습니다.
어쩌면 그녀가 초밥을 먹으러 올지도 모르는데
왔다가 자리가 없어서 그냥 돌아가면 어떡하죠?
마음 같아선 이 손님들을 다 내보내고
그녀만을 위한 초밥을 만들고 싶지만,
먹고 살려면 자제해야겠죠?
일주일에 꼭 한 번은 생선 초밥을 먹으러 오는 그녀,
그녀는 주로 붉은 살 생선을 얹은 초밥을 즐겨 먹습니다.
그래서 그녀가 회전 바에 앉으면,
난 바로 싱싱한 연어와 참치를 얹어 초밥을 만들죠.
그리고 곁눈질로 슬쩍 그녀의 행동을 주시하고 있다가
그녀가 접시를 집을 타이밍쯤에 알맞은 자리에 놓아둡니다.
그럼 어김없이 그녀는 내 마음을 담은 그 접시를 딱 집어 들죠.
주로 점심시간에 백화점 1층 매장에서 일하는 동료들과 함께 오는데
이번 주엔 한 번도 안 왔어요.
그래서 오늘 아침에 출근하면서 고의적으로 딱 마주쳤습니다.
보고 싶었거든요.
평소엔 지하 주차장에 차를 세우고
바로 10층 식당가까지 엘리베이터를 타고 올라가는데,

내가 일하는 곳이 10층 식당가에 있는 스시 집이거든요.
그런데 오늘은 1층까지 걸어 올라가서 엘리베이터를 탔어요.
그러면 그녀가 일하는 화장품 매장 앞을 지나가게 되거든요.
예상대로 그녀가 내 모습을 발견하고는 환하게 미소지으며 가벼운
눈인사를 건넸습니다.
그러면서 작은 목소리로 "친구랑 같이 갈게요" 그러더군요.
그게 오늘 오겠다는 건지, 내일 오겠다는 건지는 모르겠어요.
아무튼 중요한 건, 그녀가 언제 내게 오든 간에
그녀를 위해 늘 자리를 비워두어야 한다는 거죠.
그녀가 오기 전에 다들 빨리 먹고 빨리 갔으면 좋겠습니다.
어, 그녀가 친구와 함께 들어오고 있어요.
유니폼을 벗고 평상복을 입은 그녀... 눈이 부십니다.
와, 고맙게도 저쪽 테이블에 앉은 모자 쓴 커플이 나가네요.
달려가 절이라도 하고 싶습니다.
언제쯤 그녀가, 그녀를 위해 비워둔 내 마음에 와서 앉아줄까요?

사랑이... 사랑에게 말합니다.
회전 초밥은 한 번 놓쳐도 다시 집을 기회가 오지만
사랑은 한 번 지나가면 다시는 똑같은 기회가 오지 않는다고,
초밥을 만들듯 조심스럽게 먼저 사랑을 고백하라고...

#062
꿀밤 맞은 여자

이런 기분, 참 오랜만이에요.
버스 뒤쪽 2인용 좌석에 팔짱을 끼고 앉아서
함께 창밖을 바라보며 한 정거장 한 정거장 쉬어가는 기분이요.
작년에 오빠가 차를 산 이후부턴 버스 데이트를 못 했어요.
그전엔 우리 둘 다 지하철은 답답해서 싫다고
데이트할 때마다 버스를 자주 이용했거든요.
난 사실 오빠 차를 타고 드라이브하는 것도 좋지만
이렇게 둘이서 버스 타고 다니는 게 더 좋아요.
그래야 둘이 같이 바깥 풍경을 제대로 볼 수 있잖아요.
오전에 오빠한테 전화해서 오늘만큼은 차를 두고 버스 타고 오라고
몇 번이나 신신당부를 했는데… 오빠는 차를 갖고 나왔습니다.
안 봐도 비디오잖아요. 오늘 같은 날 백화점 주차장에 들어가려면
그 앞에서 삼사십 분은 넘게 줄을 서 있어야 하는 거요.
급하고 참을성 없는 오빠 성격을 내가 잘 알기 때문에
차를 두고 오라고 한 건데…
그렇게 괜찮다고 우기더니 백화점 앞에서 이십 분 넘게 서 있으니까
그럼 그렇죠, 짜증을 내기 시작하는 거예요.
그래서 내가 백화점 근처에 아무 데나 잠깐 세우자고 했어요.
그래서 차를 대강 세우고 백화점에 들어가 선물을 샀는데
10층 식당가에 있는 회전 초밥이 간절해지는 거예요.
아침에 우유 한 잔 마시고 그때까지 빈속이었거든요.
그래서 내가 딱 몇 점만 먹고 가자고 졸랐는데
바로 이게 화근이 되었습니다.

한참 맛있게 먹고 있는데 전화가 걸려왔어요.
전화를 받은 오빠의 표정이 순간, 구겨진 신문지처럼 일그러졌습니다.
차가 견인되었으니 찾아가라는 전화였어요.
내가 초밥을 먹자고만 안 했어도...
아니, 조금 기다렸다가 차를 주차장에 세우기만 했어도
이런 일은 없는데...
얼마나 미안하던지 쓰고 있던 모자를 푹 눌러 썼습니다.
그래서 지금 초밥 집에서 급하게 나와
버스를 타고 견인된 오빠 차를 찾으러 가는 길이에요.
큰일입니다. 한 번 삐치면 일주일은 가거든요.
그런데 이게 웬일일까요?
"설이니까 봐주는 거야. 네가 견인된 것보다는 낫잖아."
무뚝뚝하게 이렇게 툭, 한 마디 내뱉더니
내 머리에 꿀밤을 한 대 놓네요.
세상에 꿀밤이 이렇게 달콤한 건지 오늘 처음 알았습니다.

사랑이... 사랑에게 말합니다.
잘못을 서로 미루지 말라고,
누구의 잘못인지 따지기 전에 가슴으로 먼저 보듬어 안으라고...

#063

청심환 찾는 남자

그녀가 누굴 닮았을까 늘 궁금했는데... 이제 알았어요.
약간 처진 눈매는 아버지를 닮았고
둥글고 작은 코는 어머니를 닮았다는 걸요.
이번 설에 그녀의 집에 인사를 다녀왔습니다.
며칠 전부터 뭘 입고 가야 할지, 선물은 뭐가 좋을지
얼마나 걱정했는지 몰라요.
고민 끝에 선물은 갈비 세트와 양주 한 병으로 결정했습니다.
백화점 점원이 한눈에 알아보곤 처가에 인사 가느냐고 하더군요.
정말 세상에 태어나서 그렇게 떨린 적이 없는 것 같아요.
엘리베이터를 타고 그녀가 살고 있는 6층 버튼을 누르는데
손이 부들부들 떨렸습니다.
이래서는 안 되겠다 싶어서 다시 차로 돌아가
며칠 전에 사둔 우황 청심환을 먹었습니다.
그러면서 스스로에게 주문을 걸었죠. 침착하자... 침착하자...
마음을 가라앉히고 602호 문 앞에 도착해 벨을 누르려는 찰나,
갑자기 현관문이 열리면서 온 가족이 우르르 쏟아져 나왔습니다.
순간, 얼마나 당황했는지 군대식으로 경례를 했습니다.
"안녕하십니까?"
아마 베란다에서 모두 나를 지켜본 모양이에요.
세배를 드리고 점심으로 떡국을 먹은 후 바로 술자리가 시작됐습니다.
아버님 주량이 얼마나 세신지, 아무리 정신을 똑바로 차리려 해도 소용이 없더라구요.
그래서 끝내 그 자리에 쓰러져 잠이 들어버렸습니다.

정신을 차리고 일어나보니, 벌써 저녁시간이 됐지 뭡니까?
저녁 식탁 앞에서 아버님께서 허허 웃으시며 그러시더군요.
"혹시, 자네 내 택시는 끌고 가지 않겠지?"
그녀의 아버님은 개인택시 기사시거든요
그리고 난 견인차량을 수송하는 일을 하고 있구요.
연휴 전엔 견인차량이 많았는데, 그래도 오늘은 몇 대 없네요.
조금 전에 아버지께 새해 떡국 맛있게 먹었다고,
안전운전하시라고 안부 전화를 드렸더니
반가워하시면서 세뱃돈이 적지는 않았느냐고 농담을 건네셨습니다.
언제 밖에서 따로 만나 삼겹살에 소주나 한잔 하자고 하시는데,
아마도 사위 될 자격이 있는지 테스트가 더 남은 거겠죠?
그러고는 손님이 탔는지 전화를 끊자고 하시면서
"Have a nice day!"를 크게 외치셨습니다.
센스 있고 멋진 그녀의 아버님, 아버님을 쏙 빼닮은 그녀가 더욱 사랑스럽습니다.

사랑이... 사랑에게 말합니다.
그녀의 부모님께 그녀에 대한 이야기를 들어보라고,
아마 또 다른 그녀를 만날 수 있을 거라고...

#064
가시 걸린 여자

어렸을 때 생선을 먹다가 보이지도 않을 만큼 작은 가시가 목에 걸려 병원에 가서 빼낸 적이 있어요.
겨우 고만 한 가시가 목에 걸렸을 뿐인데,
하루 종일 말도 할 수 없었고 밥도 먹을 수 없었습니다.
그래서 어린 마음에 목에 가시가 걸리는 일이
세상에서 가장 아프고 고통스러운 일이라고 생각했어요.
그런데, 그 사람... 눈이 부셔 한 번도 똑바로 두 눈을 쳐다볼 수도 없던 그 사람...
그 사람이 아무런 이유도 설명하지 않은 채 떠나갔을 때... 알게 되었습니다.
목에 걸린 가시보다 더 참을 수 없는 일이 있다는 걸요.
심장에 가시가 걸려... 사라지지도 빠지지도 않는 일...
그건 마음을 마비시키는 끔직한 일이라는 걸 알았습니다.
그 사람과 헤어진 후, 정말 한동안은 제정신이 아니었어요.
그 사람과 닮은 사람만 보면 번번이 타고 가던 버스에서 내려 뒤를 쫓아갔으니까요.
그렇게 그 사람을 그리워하면서, 미워하면서...
지금 이런 상황을 수없이 상상하고 기다려왔는지도 모릅니다.
언젠가 그 사람이 후회하고 내게 다시 돌아오고 싶어 하는 날,
통쾌하게 비웃으며 한마디 해주는 거죠.
"너무 늦.었.어."

그런데... 막상 그럴 기회가 왔는데... 입이 떨어지지 않았습니다.

며칠 전, 거의 삼 년 만에 그 사람에게서 전화가 왔어요.

미국에 갔다가 오랜만에 한국에 들어왔다면서,

나만큼 자기를 사랑해준 사람이 없었다며 보고 싶다고...

하지만 거절했어요.

물론 갈등이 되기도 했지만

지금 내 곁에 있는 남자친구에게 미안했거든요.

그런데 오늘 아침에 또 전화가 왔습니다.

오늘 저녁 비행기로 돌아가는데 잠깐만이라도 보고 가고 싶다고.

남자친구와 영화 보려고 표를 끊어놓고 저녁을 먹고 있는데

그 사람 생각이 머리에서 떠나지 않습니다.

이러면 안 되는 거 알아요. 그런데 멀리에서 한 번만 보고 싶어요.

"저... 영화 내일 보면 안 될까? 몸이 안 좋아서... 집에 가고 싶어."

아무것도 모르는 남자친구는 급하게 택시를 잡고 있습니다.

저만치 여행 가방을 들고 먼저 택시를 잡던 여자와 눈이 마주쳤는데

급한 마음에 그냥 모르는 척 택시에 올라탔습니다.

인상 좋은 기사 아저씨가 전화기에 대고 "Have a nice day!"를 외치고 계시네요.

"인천 공항이요. 빨리 가주세요."

사랑이... 사랑에게 말합니다.

이유를 알 수 없는 이별은 더 오래가는 거라고,

이제 그만 심장에 박힌 가시를 뽑아내고 미련한 사랑을 놓아버리라고...

#065

기차 타는 여자

한 번도 해본 적 없는 일, 뭐가 있을까요?
자원봉사, 애완동물 키우기, 짧은 커트 머리,
뜨개질, 번지점프, 혼자 여행하기,
그리고 사랑하는 사람과 헤어지기.
해본 적 없어서 두렵고 겁마저 나는 일들...
하지만 이젠 하나씩 해보려구요.
먼저 사랑하는 사람과 헤어지기를 하면
다른 일들은 저절로 하게 되겠죠.
심심하고 우울할 테니까요.
사실 처음엔 그 사람을 사랑하진 않은 것 같아요.
그냥, 나를 좋아해주니까... 좋지도 않지만 싫지도 않으니까...
시작하게 된 것 같아요.
학원 앞에서 끝날 때까지 무작정 기다리기,
내가 보습 학원에서 아이들을 가르치고 있거든요.
무슨 날마다 장미 백 송이씩 선물하기,
반가워하지도 않는 문자를 하루에 몇십 통씩 보내기,
이런 그의 정성이 우리에게 연인이라는 이름을 갖게 해준 거죠.
그런데 시간이 흐를수록 전세가 역전됐습니다.
그는 내게서 점점 멀어졌고, 나는 점점 가까이 다가갔어요.
그는 사랑이 식어갔고, 나는 사랑이 깊어졌습니다.
아는 선배 언니가 원래 처음엔 여자가 강자였다가
나중엔 약자가 되는 게 사랑이라면서... 마음을 다독여주었어요.
그런데 그런 시간이 오래 가니까 섭섭하고... 우울하고... 답답합니다.

그를 자꾸만 의심하게 되고, 내가 초라하게 느껴지고,
우리 사이가 위태롭게만 느껴져서... 가슴에 담아 둔 말만 산처럼 쌓여가고 있어요.
그래서 결심했습니다.
그 사람이 날 먼저 떠날 수 없다면 내가 먼저 떠나가기로요.
오빠가 요즘 들어 비밀이 많아진 것 같거든요.
둘이 같이 있다가 자꾸만 나가서 전화를 받아요.
한 번도 해본 적 없는 일... 혼자 기차 여행을 가기 위해 가방을 쌌습니다.
해남에 있는 '땅끝 마을'에 가보려구요.
택시를 잡으려고 손을 들었는데,
지금 막 손을 흔들며 뛰어온 남자 분이 택시를 잡아서 여자친구를 태워주네요.
뭔가 다급한 일이 있는 거겠죠.
오전엔 머리를 커트로 잘랐어요.
그런데 아직은 쇼윈도에 비치는 내 모습이 낯서네요.
곧 익숙해지겠죠.
커트 머리도, 그가 내 남자가 아닌 다른 여자의 남자가 되는 일도.
땅끝 마을에 가서 다 버리고 돌아오게 되기만을 바랄 뿐입니다.

사랑이... 사랑에게 말합니다.
이별을 결심하기 전에 마지막으로 쌓아둔 진실을 얘기해보라고,
그 또한 더 많이 사랑했다는 이유로 외로워할지 모른다고...

#066
김밥 마는 남자

드디어 기다리고 기다리던 날이 왔습니다.
한 달간 아르바이트한 대가를 오늘 받거든요.
스물네 시간 영업을 하는 김밥 전문점인데
마음 같아선 스물네 시간 몽땅 일을 해서 돈을 많이 벌고 싶었어요.
왜냐하면 돈이 꼭 필요한 일이 생겼거든요.
아직 여자친구한테는 말을 하지 않았는데
여자친구와 여행을 갈 계획입니다.
나한텐 이번 방학이 학생으로서 보내는 마지막 방학이에요.
선배들 얘길 들어보니까, 취업을 해서 사회 초년생이 되면
일에 치여서 여자친구 만날 시간도 없다고 하더라구요.
그래서 그렇게 되기 전에 그녀와 예쁜 추억을 만들고 싶습니다.
그런데 아직 그녀 앞에선 입도 떼지 못했어요.
어제 지나가는 말로 그녀의 마음을 살짝 떠봤습니다.
"내 친구 대병이 있잖아? 다음주에 여자친구랑 부산에 놀러 간다던데
우리도 끼어서 같이 갈까?"
그랬더니 애교 섞인 목소리로 이렇게 말하며 슬쩍 피해가더군요.
"그럼, 오빠가 우리 아빠랑 엄마한테 허락받아줄 거야?"
그녀 안엔 여우가 살고 있는 게 틀림없습니다.
난 단지 그나마 시간이 여유로운 학생 시절에
그녀와 평생 간직할 수 있는 추억을 만들고 싶을 뿐인데...
아무래도 그녀는 내 속에 늑대라도 한 마리 살고 있다고 생각하는 것
같아요.
그래서 섭섭합니다.

그녀는 아무래도 날 믿지 못하는 것 같아요.
이번 여행 계획엔 그녀가 날 얼마나 믿는지 알고 싶은 마음도 포함되어 있습니다.
당일치기로 다녀오자고 하면 좀 쉽게 동의를 구할 수 있을까요?
그녀가 가보고 싶다던 외도에 가자고 하면
못 이기는 척 동행해줄까요?
잠시 딴 생각을 하는 동안 김밥 주문이 밀렸습니다.
어떤 남자가 들어오려다 줄 서 있는 사람들을 보고는 그냥 나가네요.
이렇게 밖을 향해 앉아서 김밥을 말고 있으면 기분이 참 묘합니다.
오늘은 더 묘하네요.
여행 가방을 든 여자가 자꾸만 뒤를 돌아보며 쇼윈도에 자신의 모습을 비춰보고 있거든요.
혹시 남자친구와 여행 가는 길일까요? 그 남자 분, 참 부럽네요.
그녀와 단둘이 여행 가고 싶은 내 마음을 그녀는 정말 모르는 걸까요?
아니면 모르는 척하는 걸까요?
여자의 마음을 푸는 건 정말 어려운 수학 문제를 푸는 것보다 더 복잡합니다.

사랑이... 사랑에게 말합니다.
단둘이 함께 있고 싶은 마음은 당연한 거라고,
하지만 그녀에게 거짓말로 허락을 받진 말라고...

#067

나무 책장을 기억하는 남자

시계를 보니 그녀를 기다린 지 거의 두 시간이 다 되어가네요.
오후에 거래처 사람을 만날 일이 있어서 마포에 왔다가
바람처럼 불어오는 추억 한 점과 마주쳤습니다.
그때, 우리가 함께 있는 것만으로도 충분히 행복하던 그때,
그녀를 아파트 엘리베이터 앞까지 바래다주었다가 헤어지는 게 아쉬워
다시 걸어 나와 함께 커피를 마시러 가던,
그녀가 살고 있는 동네의 작은 카페 앞을 지나쳤거든요.
내 기억으론 그 카페에 나무로 짠 낮은 책장이 하나 있는데
카페 주인이 소설을 좋아해서 그런 유의 책들이 가득했어요.
나중엔 카페 주인과 친해져서 그녀에게 책도 빌려주었죠.
사실 다른 길도 있는데 굳이 그 카페 앞으로 지나갔어요.
여기, 그녀가 살고 있는 동네까지 온 걸 핑계 삼아
먼 발치에서라도 그녀 얼굴을 한 번 보고 싶었습니다.
그녀가 늘 지나다니는 제과점과 김밥 집이 있는 좁은 도로변에 차를
세우고 기다리는 중이에요.
어쩌면 그녀에게 새로운 사랑이 찾아왔을지도 모르겠습니다.
내겐 이제 겨우 일 년이지만, 그녀에겐 벌써 1년일 수 있으니까요.
변명을 하자면 그때는 정말 너무 힘들었어요.
처음 하는 직장 생활이 만만치 않았습니다.
하루하루 긴장의 연속이었고, 매일이 실수투성이였어요.
그러다 보니 스트레스가 이만저만이 아니었죠.
그런데 그런 내게 그녀는 일벌레가 됐다면서 스트레스를 주었고,
난 그녀의 모든 말과 행동이 투정처럼만 느껴지고 힘에 겨웠습니다.

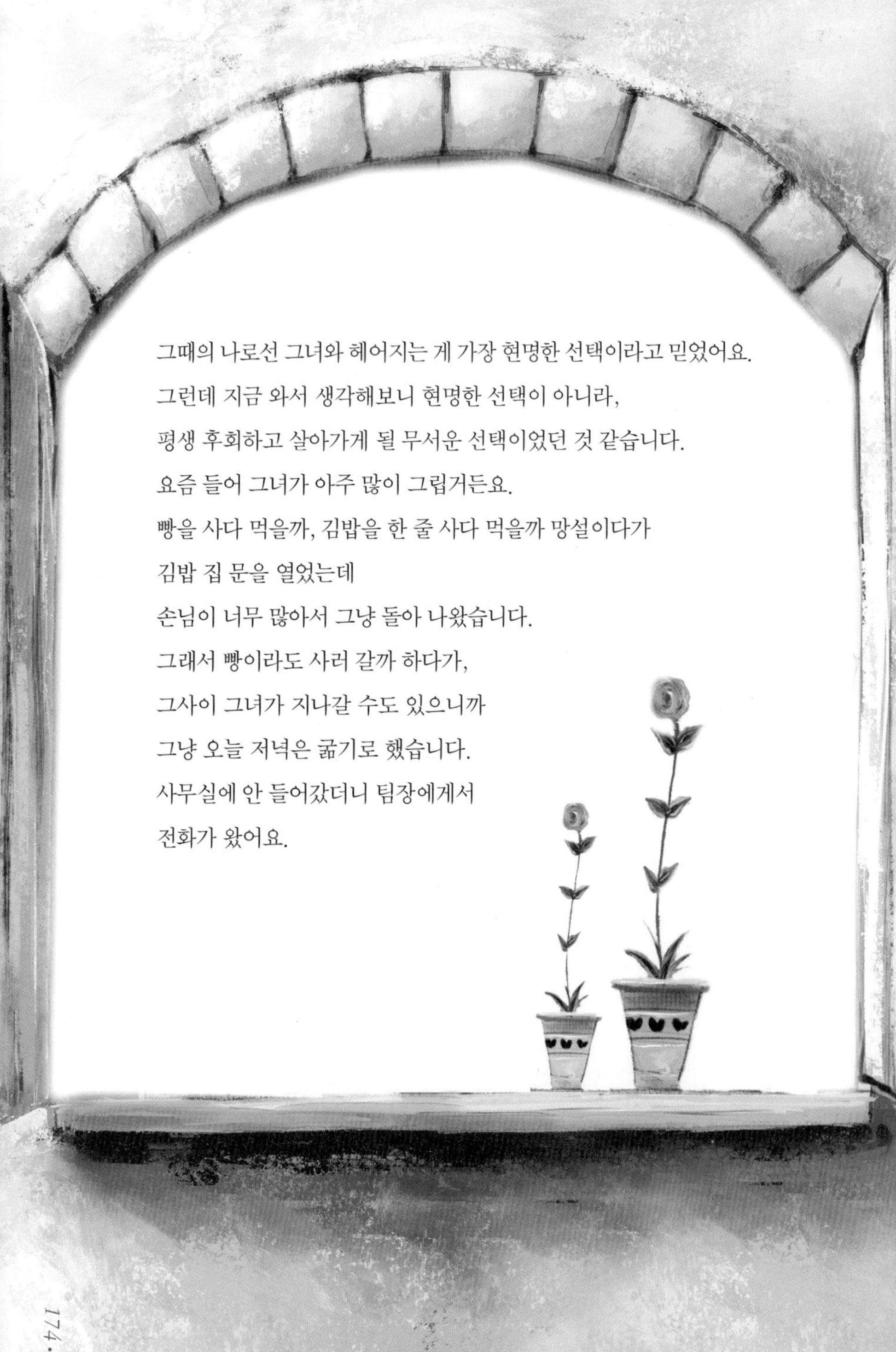

그때의 나로선 그녀와 헤어지는 게 가장 현명한 선택이라고 믿었어요.
그런데 지금 와서 생각해보니 현명한 선택이 아니라,
평생 후회하고 살아가게 될 무서운 선택이었던 것 같습니다.
요즘 들어 그녀가 아주 많이 그립거든요.
빵을 사다 먹을까, 김밥을 한 줄 사다 먹을까 망설이다가
김밥 집 문을 열었는데
손님이 너무 많아서 그냥 돌아 나왔습니다.
그래서 빵이라도 사러 갈까 하다가,
그사이 그녀가 지나갈 수도 있으니까
그냥 오늘 저녁은 굶기로 했습니다.
사무실에 안 들어갔더니 팀장에게서
전화가 왔어요.

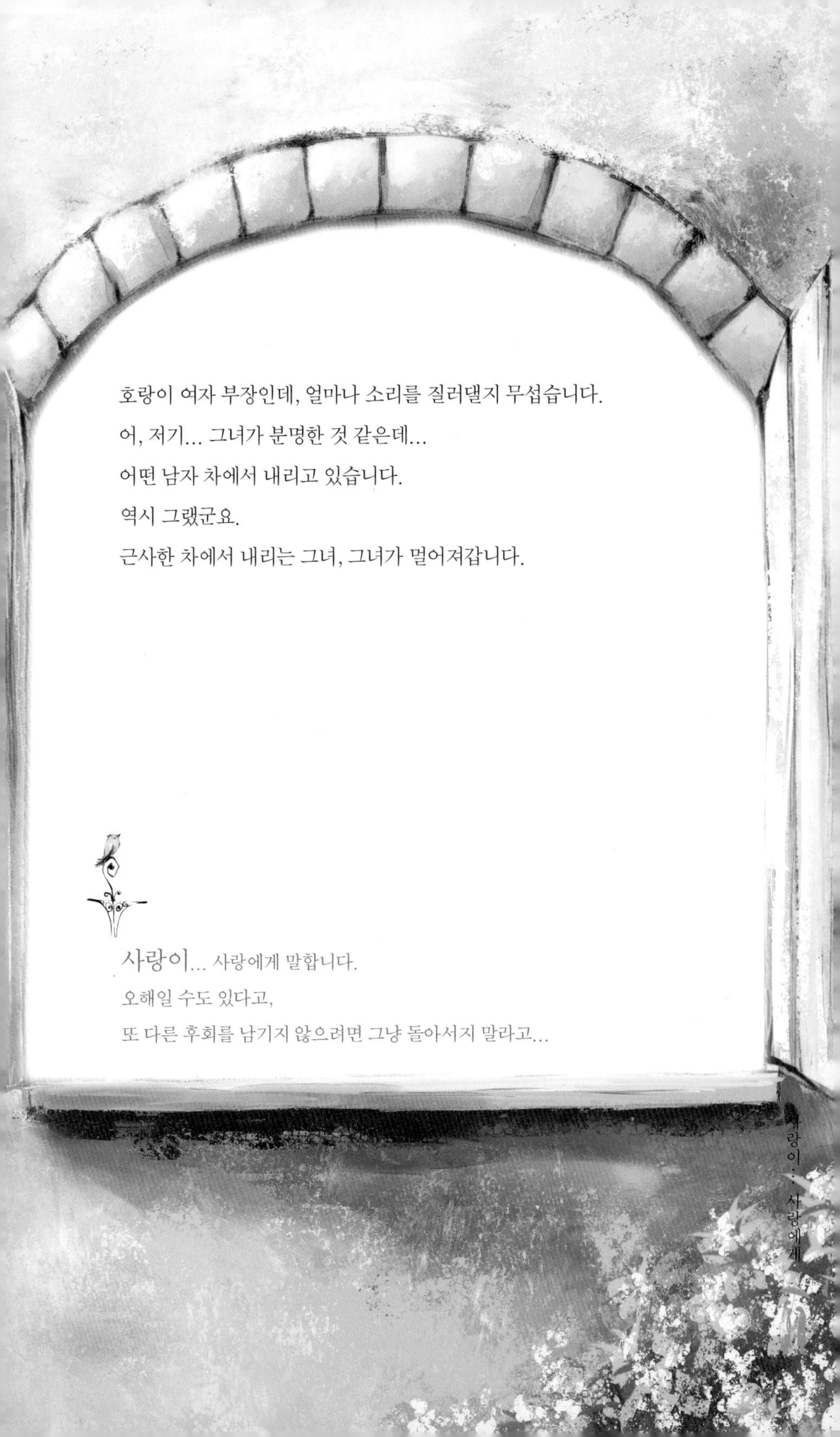

호랑이 여자 부장인데, 얼마나 소리를 질러댈지 무섭습니다.

어, 저기... 그녀가 분명한 것 같은데...

어떤 남자 차에서 내리고 있습니다.

역시 그랬군요.

근사한 차에서 내리는 그녀, 그녀가 멀어져갑니다.

사랑이... 사랑에게 말합니다.

오해일 수도 있다고,

또 다른 후회를 남기지 않으려면 그냥 돌아서지 말라고...

#068
하루가 바쁜 여자

나보고 지나친 완벽주의자래요.
그래서 숨 막히고 피곤하고 지겹대요.
죽을 만큼 사랑한다고 믿는 사람에게 조금 전,
전화기를 통해서 차갑고 냉정한 목소리로 들은 얘깁니다.
그는 나를 참 독한 여자라고 생각해요.
하긴 어려서부터 정해진 규율을 한 번도 어긴 적 없고,
사회 생활을 시작하면서 스스로 정한 룰을 지금껏 한 번도 깨뜨린 적 없으니까
어쩌면 정말 독한 여자일 수도 있겠네요.
하지만 이렇게 독해지지 않았다면 지금의 난 없었을 거예요.
우리 집은 늘 가난했습니다.
학창 시절엔 항상 등록금 걱정을 해야 했고,
안방에서 새어나오는 엄마 아빠의 깊은 한숨 소리에 내 심장은 찢어질 것만 같았습니다.
부모님은 함께 포장마차를 하셨어요.
두 분의 삶이 부끄러운 적은 없었지만
친구들에게 당당하게 말해본 적도 없습니다.
자라면서 단 한 번도 내 방을 가져보지 못했고,
우리 집에 가서 놀자고 하는 친구가 세상에서 제일 부담스럽고 싫었습니다.
그래서 고삐를 더 단단히 조인 것 같아요.
세상에서 믿을 사람은 나 하나뿐이었거든요.
대학교 때부터 안 해본 아르바이트가 없고

사회에 나와서도 나를 위해 하루에 오천 원 이상 용돈을 써본 적이 없습니다.
하지만 조금 더 나은 위치의 사람이 되기 위해서는 아까워하지 않고 투자했어요.
남들보다 한 시간 일찍 일어나서 어학 학원에 다니고,
점심시간에 짬을 내서 운동을 하고,
일주일에 적어도 책 한 권은 읽으려고 노력하고…
이렇게 스물네 시간을 쪼개서 열심히 살 뿐인데,
그리고 그에게도 이렇게 살아가자고 제안할 뿐인데,
그는 이런 내가 질리나 봅니다.
언제부터인가 나의 관심이 구속이 되고,
조언이 잔소리가 되어버린 것 같습니다.
난 열심히 살지 않는 사람을 보면 왜 이렇게 조바심이 나는 걸까요?
어제도 외근 나왔다가 들어오지 않는 직원에게 전화를 해서 한바탕 난리를 쳤습니다.
가끔은 나도 이런 내가 참 싫습니다.
그에게 그런 전화를 받고도 헬스장에서 자전거 페달을 밟고 있는 내가, 참 싫습니다.

사랑이… 사랑에게 말합니다.
그녀의 어린 시절을 헤아린다면 그녀의 불안을 이해할 수 있을 거라고,
조금 더 깊은 마음으로 그녀를 안아주라고…

#069

프러포즈 받은 여자

혹시나... 했는데 역시나...네요.

오빠만큼은 외모가 아니라 마음을 볼 줄 아는 심미안을 가진 남자라고 생각했는데...

오빠도 어쩔 수 없이 똑같은 남자인가 봐요.

난 아직도 생생하게 기억이 나요.

우리가 '아침'이라는 카페에서 처음 소개팅으로 만난 날,

내가 "저... 어떤 여자를... 좋아하세요?" 하고 더듬더듬 물었더니

"뭐든 잘 먹고 내숭 안 떠는 여자요" 그랬거든요.

순간, 이제야 드디어 내 운명의 짝을 만났구나 하는 생각에

하마터면 야호! 하고 소리를 칠 뻔했죠.

그날 집으로 가는 길에 내가 알고 있는 모든 신께,

하느님께, 부처님께, 천지신명께 감사하다고 몇 번이나 인사를 드렸습니다.

이런 기적 같은 일이 내게 일어나다니,

사실 그때까지 한 번도 소개팅이라는 걸 해본 적이 없었어요.

누가 봐도 난 절대 남자가 첫눈에 반할 외모가 아니거든요.

그런데 명진이가 통통하고 귀여운 스타일을 소개해달라는 선배가 있다면서 내 등을 억지로 떠밀어서 나갔다가

거기서 내 반쪽을 만난 겁니다.

오빠의 이상형... 잘 먹고 내숭 안 떠는 여자... 딱, 나거든요.

엄마가 그러시는데 난 어려서부터 식탐이 많았대요.

밥그릇에 온갖 반찬을 다 가져다 섞어서 마치 꿀꿀이죽처럼 만들어 먹었대요.

세 살 버릇 여든까지 간다고 아직도 그 버릇을 못 고쳐서
자장면을 먹고 나면 내 그릇에만 한 입 문 단무지 조각들이 가득해요.
그런 나를 오빠는 늘 귀여워해줬습니다.
그런데, 그런데 말이에요.
며칠 전 내 생일에…
오빠가 반지도 목걸이도 아닌, 체중계를 선물한 거예요.
그러면서 "웨딩드레스 입으려면 좀 빼야겠지?" 그러는 거 있죠.
고대하고 기대하고 기다리던 프러포즈 같긴 한데
기분이 뭐랄까… 그동안 오빠한테 속은 기분이랄까요?
아무튼 체중계로 프러포즈를 받는 여자가 나 말고 또 있을까요?
그래서 회사 근처에 있는 헬스장에 등록해
강력 트레이닝을 받는 중입니다.
트레이너 지시대로 자전거 타기를 하고 있는데, 힘드네요.
옆 자전거에 있는 여자 분은 내가 보기엔 그 정도면 꽤 날씬한데
남자친구가 살쪘다고 구박을 하나 봐요.
전화기에 대고 "뭐? 내가 숨 막힌다고?" 그러면서 다투고 있습니다.
이런 걸 보면 우리 오빠는 정말 천사가 틀림없는 것 같아요.

사랑이… 사랑에게 말합니다.
자신감을 찾아주려는 배려일 거라고,
사랑하는 사람이 원하는 걸 들어주는 것도 큰 사랑이라고…

#070
마음을 접는 남자

이렇게 빨리 서둘러 다른 곳으로 도망가는 걸 보면
그녀도 흔들린 게 아닐까요?
일주일 전쯤이었나, 그녀가 내 책상 앞에 와서 서더니
사직서를 내밀며 후임이 구해질 때까지만 나오겠다고 했습니다.
원하던 다른 직장을 구하게 되었다면서 죄송하다고...
그래서 잡지 않았어요. 그녀가 불편한 건 나도 원치 않으니까요.
그녀가 면접 보러 온 날이 생각납니다.
난 후배 서너 명과 헬스용품을 온라인으로 판매하고 있어요.
일을 하다 보니 사무실에 여직원이 한 명 있어야겠더라구요.
그래서 이력서를 받아 다섯 명을 추려서 그날 면접을 보기로 했는데
그만 면접관인 내가 지각을 한 겁니다.
사무실로 들어서는 순간, 싸한 분위기가 느껴졌습니다.
소파에 주르르 앉아 나를 기다리던 다섯 여자가
속으로 얼마나 무서웠는지 몰라요.
그런데 그중 한 명이 괜찮다는 듯... 뭐, 그럴 수도 있죠... 하는 표정으로 날 보고 미소지었습니다.
순간, 그녀가 얼마나 괜찮아 보이던지 엉뚱한 상상을 했어요.
여기가 사무실이 아니라 소개팅 하는 카페라면 좋겠다는.
면접 내내 이런 내 감정을 들키지 않으려고 얼마나 애를 썼는지 모릅니다.
지원 동기, 헬스기구에 대한 관심... 뭐 이런 형식적인 질문을 몇 가지 하고는
그만 나도 모르게 끝내 그녀에게 묻고 말았습니다.

"남자친구는… 있습니까?"

"네, 있습니다."

간단명료한 그녀의 대답에 가슴이 내려앉는 것 같았어요.

참 이해할 수 없는 일이었어요.

그날 처음 본 여자의 남자친구에게 질투 비슷한 감정을 느끼다니…

그렇게 시작된 짝사랑이 하루하루 점점 커졌습니다.

그래서 보름 전쯤 고백 비슷한 걸 해버렸어요.

할 수만 있다면 내 마음을 저울에 달아 보여주고 싶다고.

아마 그 고백 때문에 오늘 저녁 그녀의 송별회를 맞게 된 것 같습니다.

그녀는 마지막인 오늘까지도 열심히 일을 하고 있어요.

이틀 전 체중계를 구입한 고객의 사용 후기에 댓글을 달아놓았는데

이게 그녀의 마지막 흔적이 될 것 같습니다.

'여자친구에게 체중계를 선물하며 프러포즈를 했습니다.

화를 낼 줄 알았는데, 디자인이 마음에 들어 봐주겠다고 했어요.

좋은 제품, 저렴한 가격… 감사합니다.'

'축하합니다. 체중계에 실린 고객님의 마음을 느낀 거겠죠.'

사랑이… 사랑에게 말합니다.

마음은 신문처럼 접는다고 접히는 게 아니라고,

마음은 작게 접으려고 할수록 나무판자가 되어가는 거라고…

#071
양수리 가는 여자

가지 말아야지, 가지 말아야지… 하면서도 자꾸만 가게 돼요.
양수리 강변에 있는 천장이 높은 카페.
카페 문을 열기도 전에 도착할 때도 있고,
온종일 앉아 메뉴판에 있는 커피를 종류별로 다 마실 때도 있습니다.
그 사람과 자주 간 곳,
그리고 그 사람을 마지막으로 본 곳,
우리의 추억이 찻잔마다 테이블마다 의자마다… 배어 있는 곳이거든요.
날도 추운데 버스는 올 생각을 하지 않네요.
옆에서 짧은 미니스커트를 입고 발을 동동 구르던 여자가 남자친구한테 전화를 하고 있어요.
"나, 여기 청량리인데 버스가 너무 안 와요.
근처 아무 데나 들어가 있을 테니까… 나 좀 집에 데려다줘요."
분위기가 사귄 지 얼마 안 된 한창 좋을 때인 것 같네요.
지금쯤 남자는 그녀를 모시러 오고 있겠죠. 머슴의 자세…
처음엔 그 사람도 나한테 그랬어요.
내가 콜록, 하고 기침만 한 번 해도 감기약을 사 들고 왔고,
쇼핑을 해야 한다고 하면 기꺼이 짐꾼이 되어주었죠.
그런데, 헤어졌어요. 이유는 우리는 잘 맞지 않는다는 거였습니다.
그렇게 오래 만났는데… 시간은 퇴색된 사랑 앞에선 아무런 힘이 없더군요.
그동안 내 기분을, 내 성격을 맞춰주느라고 너무 힘들었대요.
자기는 나한테 운전기사밖에 안 된다는 것 같다면서
다른 남자 만나면 부디 그러지 말라고… 잔인하게 말하더군요.

차 갖고 집 앞으로 와라, 짐이 많으니까 데려다달라,
뭐 이런 부탁도 아닌 명령을 할 때만
내가 먼저 자기한테 전화를 했다면서.
지금 달리고 있는 이 길...
그 사람과 수도 없이 달리며 데이트를 한 길인데...
이젠 혼자 2228번 버스를 타고 쓸쓸히 달립니다.
버스를 오래 기다렸더니 손도 마음도 시려요.
오늘만 가고 이제 정말 다시는 가지 않을 거예요.
정신없이 일만 할래요. 그래서 새로운 곳에 취직도 했습니다.
헬스용품을 파는 인터넷 쇼핑몰인데
여직원이 갑자기 그만두게 돼서 급하게 구하더라구요.
그런데 정말 궁금한 게 있어요.
그 사람... 왜 그동안 한 번도 자신의 진심을 말하지 않았을까요?
곪아 터지기 전에 아프다고 말을 해줬으면 좋았을 텐데...
그런데, 그랬다면 우리의 이별을 막을 수 있었을까요?

사랑이... 사랑에게 말합니다.
이별엔 어떠한 이유도 모두 핑계일 뿐이라고,
사랑이 모두 증발해버려 더 이상 남은 사랑이 없을 때 이별은 찾아오는 거라고...

#072
초콜릿 기다리는 남자

그녀는 내 인생의 전환점입니다.

그녀를 만나고 나서 많은 것이 변했거든요.

친구들과 어울려 술 마시며 노는 것도 귀찮고 재미없어요.

그리고 오빠, 오빠 애교 떨며 밥 사달라, 영화 보여달라,

먼저 작업 들어오는 걸~들에게도 관심 없어졌습니다.

사실 난 한 여자를 꾸준히 사귀어본 적이 없어요.

그냥 두루두루 친하게 지내고,

두루두루 만나는 게 내 스타일이거든요.

그래서 주위의 여자들이 나를 두고 혼란스러워했습니다.

어느 날은 남자친구 같다가, 돌아서면 그냥 아는 오빠 같고,

어느 날은 애인 같다가, 다음 날은 그냥 친한 친구일 뿐인 것 같고…

난 그렇게 지내는 게 재밌고 즐거웠어요.

한 여자에게 얽매이는 거, 딱 질색이었거든요.

그런데 그녀를 만난 후 모든 게 달라졌습니다.

그녀가 나를 구속해주었으면 좋겠고,

내 일에 참견하고 잔소리를 늘어놓아주었으면 좋겠습니다.

그녀를 처음 본 건 두 달 전쯤이에요.

매일 아침 회사 앞 도넛 가게에서 커피를 한 잔 사 들고 출근하는데,

그날 새 매니저가 왔습니다.

그녀가 내게 물었죠.

"포장하실 건가요? 드시고 가실 건가요?"

순간, 머릿속이 하얘지면서 "먹고 갈 건데요" 하고 대답을 하고 말았습니다.

물론 회사는 지각을 했죠.
다음 날도, 그다음 날도 계속 모닝커피를 마시느라 지각을 했습니다.
그깟 지각이 뭐 대수겠어요?
난생 처음 마음을 송두리째 빼앗긴 여자를 만났는데...
그녀는 다른 여자들과 다릅니다. 제어가 되질 않아요.
어디로 튈지 모르는 탁구공 같죠. 그래서 자꾸만 더 끌립니다.
그동안 몇 번 데이트를 하긴 했는데
사실 그녀가 날 남자친구로 생각하는지 아닌지는 잘 모르겠어요.
아주 헷갈립니다.
집에 바래다준다고 해도 매번 괜찮다고 하더니
어제는 청량리에서 너무 춥다며 집에 데려다달라고 전화를 했어요.
기쁜 마음에 달려갔는데, 정말 단지 추워서 부른 것 같더라구요.
내일이면 그녀의 진심을 알 수 있겠죠? 발렌타인데이잖아요.
퇴근하자마자 그녀가 일하는 도넛 가게로 달려왔습니다.
누나랑 동생이 좋아해서 집에 사갈 도넛을 고르고 있는데,
그런 날 보고 그녀가 웃고 있네요.
그런데, 그런데요, 받을 수 있을까요? 만약... 주지 않으면 어떡하죠?
그녀를 닮은 부드럽고 달콤한 초콜릿... 그녀에게 꼭 받고 싶습니다.

사랑이... 사랑에게 말합니다.
사랑은 심심할 때 갖고 노는 장난감이 아니라고,
이젠 철없는 사랑을 마감하고 진정한 사랑을 해보라고...

#073

축하할 수 없는 여자

오늘 오전, 연락이 끊어진 친구가 내 미니홈피를 찾아 방명록에 안부를 남겨놨어요.
거의 오 년 만인가, 아니 사 년 만인가…
결혼은 했는지, 모습은 어떻게 변했는지 궁금해서
그 친구의 이름을 클릭해 홈피를 방문했습니다.
방명록을 훑어보니 그녀의 근황을 대충 알겠더라구요.
주위 사람들이 "축하한다"는 메시지를 많이 남겨놓은 걸 보니
아마 곧 결혼하는 것 같았어요.
여전히 멋스럽고 센스 있는 그녀의 모습을 보고 나니
그녀와 함께 보낸 대학 시절이… 영화 필름처럼 스쳐갔습니다.
대학 4년 내내 장학금을 놓치지 않던 그녀,
남자 선배들이 밥 사주겠다고 줄을 서던 그녀였어요.
내가 봐도 예쁘고 성격 좋고 똑똑한 여자였습니다.
사람들은 우리를 단짝 친구라고 불렀지만,
난 시간이 갈수록 그녀의 단짝인 게 부담스러웠어요.
공주 같은 그녀 곁에서 시중을 드는 하녀가 되는 것 같아 싫었습니다.
그래서 대학을 졸업하면서 어쩌면 일부러 내가 연락을 끊어버렸는지도 몰라요.
사진첩을 둘러보다가 오른손에 도넛을 들고 활짝 웃으며 찍은 그녀의 사진을 봤는데, 마치 광고 속 모델 같더군요.

여전히 날씬하고 귀여운 표정의 그녀… 부러웠습니다.
도넛 사진을 보니 어제 남동생이 사온 도넛 생각이 났어요.
요즘 그 녀석이 도넛과 사랑에 빠졌는지 매일 도넛 상자를 들고 오거든요.
상자에서 맛있는 걸로 하나 골라 입에 무는 순간,
그만 심장이 멎는 줄 알았습니다. 내 눈을 의심했어요.
그녀의 남자친구… 그녀와 곧 결혼할 남자가 바로 그였습니다.
가끔 동창회에서나 만날 수 있는 나의 첫사랑… 민준 선배…
물론 선배는 날 그냥 조금 친한 과 후배 정도로 생각할 뿐이에요.
보고 있기만 해도 참 고마운, 참 행복한 내 마음을…
단 한 번도 선배에게 표현해본 적이 없으니까요.
그래서 사실은 오늘 오전에 문자를 한 통 보냈어요.
'선배님, 오늘 특별한 일 없으면 밥 사주시면 안 돼요?'
몇 번을 망설이고 또 망설이다가 정말 용기내서… 후회하기 전에
그 고백이라는 걸… 한 번 해보려고… 초콜릿도 준비해두었습니다.
그래도 정말 다행이에요. 그녀가 내 홈피에 인사를 남기지 않았다면
으… 정말 창피할 뻔했잖아요. 다행이에요… 다행이에요…
한 달 전쯤 선배 만났을 때도 아무 말 없었는데 이런 일이 있었군요.
그럼… 그녀가 내 홈피를 찾아 글을 남긴 것도
둘의 결혼 소식을 알리려고 그런 걸까요?
초콜릿 포장을 뜯어 입에 넣었습니다. 세상에서 가장 쓴 초콜릿이네요.

사랑이… 사랑에게 말합니다.
쓴 초콜릿 맛을 아는 사람이 진정한 사랑을 아는 거라고,
언젠간 달콤한 초콜릿 같은 사랑이 찾아올 거라고…

#074
두 번째를 믿은 여자

다시 만나지 말아야 했어요.
서로 맞지 않아서 그렇게 힘들게 헤어졌는데…
밤새 한숨도 못 잤어요.
딴 생각을 해보려고 아는 사람들 홈페이지를 돌아다니며 인사도 남기고 쇼핑몰도 기웃거렸어요.
한 번도 방문하지 않는다고 투덜대던 입사 동기 은서 씨 홈피에도 메시지를 남겼습니다.
결혼 축하한다고. 민준 씨와 잘 어울린다고.
그러고는 혼잣말로 중얼거렸습니다.
우린… 왜 서로 잘 어울리지 못하는 걸까. 다른 연인들처럼…
왜 하필 그때 둘 다 솔로여서… 이렇게 다시 시작하게 된 걸까.
작년 5월이었나, 친구들하고 '박씨 물고 온 제비'인가
건대 앞에 있는 민속 주점에 갔다가 거기에서 우연히… 헤어진 후 처음으로…
그 사람을 봤어요. 반가웠어요.
오랜만에 보니 가슴이 콩닥거리기도 하고…
그래서 어떻게 지내느냐, 애인은 있느냐… 뭐 이런 얘기를 잠깐 주고받았는데,
다음 날 그에게서 문자가 왔어요. '한잔 할래?'
'그래, 좋아.'라고 답을 보내면 다시 시작하게 될 거라는 걸 알았습니다.
짧은 시간 동안 많은 생각을 했어요.
아직도 그와 연결되어 있는 인연의 끈이 있는 걸까,

새로운 사람을 만나느니 서로 잘 아는 사람을 만나는 게 나을까,
그리고 마지막으로 내게 물었어요. '그가... 그리운 적 있었니?'
그러고는 그에게 답 문자를 보냈습니다. '영화는 어때?'
믿고 싶었어요. 괜찮을 거라고, 예전과는 다를 거라고...
그런데 시간이 갈수록 우린 똑같은 이유로 또 서로 힘들게 했어요.
삶의 방식도 목표도 좋아하는 것도 관심 있는 것도... 다 다른 우린,
또 그때와 같은 고민에 빠졌습니다.
우리는 서로 참 다르다... 달라서 서로 이해할 수 없다...
그리고 이번엔 그가 먼저 이별을... 결심해주었습니다.
"우리, 시간을 좀 갖고 다시 한 번 생각해보자"는 그의 말에
"한 번 헤어졌는데 두 번은 못 헤어지겠냐"는 독한 대답을 하고는
전화를 뚝, 끊어버렸습니다.
대답은 독하게 할 수 있었는데, 마음은 쉽게 독해지지가 않네요.
운명은... 왜 우리를 다시 만나게 한 걸까요?
첫 번째 이별이 덜 아파서... 두 번째 이별을 주려고 그런 걸까요?
이제 세 번째 이별은 다른 사람과 하게 될까요?
그런데... 예전보다 더 그를 사랑하게 된 내 심장에겐 뭐라고 설명을
해주어야 하나요?

사랑이... 사랑에게 말합니다.
세상 누구를 만나도 나와 같은 사람은 없다고,
서로에 대한 기대와 욕심을 조금만 비워내라고...

#075
독립하고 싶은 남자

벌써 여섯 군데나 갔는데 딱히 마음에 드는 데가 없습니다.
세 번째 간 집은 새 집에다 풀 옵션이어서 다 괜찮은데 월세가 좀 부담스럽고… 다 만만치가 않네요.
집에서 장가가라고 압력만 주지 않아도 이렇게까지는 안 할 텐데…
그냥 무슨 소리를 듣더라도 꾹 참고 살아가느냐,
고생스럽더라도 독립해서 자유를 찾느냐… 정말 갈등됩니다.
오늘 아침 식탁에 앉자마자 또 빵빵빵!!! 습격이 시작됐어요.
“이눔아, 내가 니 나이 때는 벌써 니 아빠였다.”
“뭐가 모자라서 남들 다 가는 장가를 아직도 못 가는지… 원.”
“형, 형이 가줘야 내가 마음 편히 시동을 걸고 달리지…”
이러니… 내가 아침부터 부동산으로 달려간 겁니다.
그래도 아침 먹고 한두 시간은 더 눈을 붙여야 새벽까지 장사를 할 수 있는데 속에서 불이 나서 그냥 나와버렸습니다.
내가 다닌 대학 앞에서 ‘박씨 물고 온 제비’라는 작은 주점을 운영하고 있거든요.
작년 4월쯤, 잘 다니던 직장을 그만두고 이걸 시작할 때도 한바탕 난리가 났었어요.
이유는 번듯한 직장이라도 있어야 장가를 간다는 거였죠.
물론 걱정되는 마음은 알아요. 나도 내가 걱정되니까요.
누군 뭐 장가, 가기 싫어서 안 가겠습니까?
괜히 남의 귀한 딸 데려다 고생시키고 싶지 않으니까 그런 거죠.

자신 없어요.
나 하나 건사하기에도 벅찬데 이런 내가 누구를 책임지겠어요?
사랑에 빠지고, 사랑에 미치고, 사랑에 가슴 아플 나이도 지났고,
누가 사랑 때문에 힘들어하는 걸 보면
사랑이 밥 먹여주느냐고 핀잔이나 늘어놓는 그런 멋없는 남자가 되
어버린 지 오래예요.
어제도 후배 녀석이 찾아와서는 사랑이 이러쿵저러쿵하면서
다시 만난 여자와 또 헤어졌다며 괴로워하더군요.
개업한 지 얼마 안 돼서 인사차 가게에 들렀다가
헤어진 여자를 우연히 만났거든요.
그래서 다시 잘되는 것 같았는데…
아무튼 애인과 헤어지고 마음 복잡한 녀석한테
위로랍시고 해준 말이 "사랑이 밥 먹여주냐"였습니다.
이렇게 무드 없는 남자가 되어버렸는데 연애하긴 그른 거죠.
"한 군데만 더 보실래요?
지금 누가 살고 있긴 한데… 금방 비워준다고 했거든요."
복덕방 아저씨의 권유에 5층짜리 건물로 들어섰습니다.
301호 문 앞에서 초인종을 누르고 기다리는데
연두색 트레이닝복을 입은 여자가 문을 열고 나왔어요.
닮았네요… 내 첫사랑 그녀와… 그냥 이 집을 확, 계약해버릴까요?

사랑이… 사랑에게 말합니다.
사랑할 수 있는 마음을 아예 놔버리진 말라고,
언젠가 박씨 물고 온 제비처럼 사랑 문 여인이 찾아올 거라고…

chapter 4

사랑이 일상이 되는 것만큼 행복한 일은 없습니다

#076
이니셜 쓰는 여자

아니길 바랐는데... 역시 그녀의 수첩에 적혀 있던 이니셜은
내 일기장 곳곳에 쓰여 있는 그의 이니셜이었습니다.
한 달 전쯤, 처음 봤어요. 그녀의 수첩 속의 이니셜... H.C.
신입생 MT 날짜를 정하려고 집행부가 모였는데
희정이 수첩에 있는 달력을 보면서 얘길 나눴거든요.
다른 사람은 모르겠는데, 내 눈엔 그의 이니셜만 보였습니다.
내가 자주 쓰는 이니셜이니까요.
'H.C.와 처음으로 같이 디카 찍다.' 'H.C. 머리 자르고 오다.'
누구냐고 물어볼 수도 있었는데... 묻지 않았어요.
겁이 났거든요. 희정이의 입에서 그의 이름을 듣게 될까 봐...
희정이와 난 너무 친한 선후배, 언니 동생 사이예요.
둘 다 집이 지방이라서 학교 근처 원룸에서 살고 있는데,
서로 집에서 부쳐주신 반찬도 나눠 먹고
비 오고 천둥 치는 무서운 날엔 같이 자기도 하고 그러거든요.
집행부 일까지 같이 하고...
그 많은 사람 중에 하필이면 내가 가장 아끼는 후배가
그 녀석을 좋아하고 있다면...
어떻게 해야 할지 모르겠더라구요.
나도 신입생 오리엔테이션 때부터 지금까지 쭉 그 녀석을 좋아하고 있는데,
만약 그녀가 내게 그에 대한 자신의 감정을 털어놓기라도 한다면...
난 정말 당황스러울 것만 같았습니다.

그래서 한 달 정도 그녀와 단 둘이 있는 시간을 좀 피했어요.
그런데 어제는 우울하다고 몇 번이나 문자를 보내왔습니다.
그냥 모르는 척할 수가 없더라고요.
그래서 희정이가 좋아하는 바싹 튀긴 치킨 한 마리와 맥주 몇 캔 사들고 그녀의 집에 왔습니다.
예상한 대로였어요. 그를 좋아한다는 그녀의 고백…
가슴이 철렁 내려앉았습니다.
"집도 내놨어요. 그 오빠네 집 근처로 이사 가면… 그래도 만날 핑계가 많아질 거 같아서요…"
이 얘기를 끝으로 취기가 올라 잠이 든 것 같은데
일어나보니 희정이의 연두색 트레이닝복을 내가 입고 있네요.
배려 깊은 그녀의 짓이겠죠?
그녀는 화장실에 간 모양입니다.
어딘가 음식점 스티커를 모아둔 걸 봤는데… 여기 있네요.
중국 요리 홍콩 반점, 가정식 백반 엄마손, 우동에 초밥 우미가…
메뉴를 고르고 있는데 복덕방에서 방을 보러 왔어요.
그녀는 이렇게 그에게 좀더 가까이 가기 위해 이사까지 하는데
난 그에게 가까이 가기 위해서… 뭘 했을까요?
좋아한다고 말 한마디 못해본 나보다는 그녀가, 그를 차지할 자격이 있는 게 아닐까요?

사랑이… 사랑에게 말합니다.
더 큰 가슴앓이가 되기 전에 솔직하게 고백을 하라고,
그를 좋아하는 그녀에게도, 이미 친구가 아닌 그에게도…

#077
화해하는 방법을 모르는 남자

어려서부터 한 번 다툰 친구와는 그것으로 관계가 끝나버렸어요.
잘 회복되지가 않더라구요. 물론 지금도 그렇습니다.
서로 상처가 되는 말들을 이미 다 뱉어버렸는데
어떻게 아무 일도 없었다는 듯 다시 마주할 수 있는지
난 잘 모르겠어요.
그 어색함을 난 잘 이겨내질 못하겠습니다.
그래서 그녀에게 단 한 번도 화를 내지 않은 거예요.
화해하는 방법을 모르는 나에게, 부딪힘은 곧 이별을 의미하니까요.
그래서 그녀에게 아무리 섭섭하고 못마땅한 일이 있어도
심호흡 한 번 크게 하고… 웃으며 넘겼습니다.
그런데 그날은 정말 참을 수가 없었어요.
아프다고 춘천 가기로 한 약속을 아무렇지도 않게 깨버리더니
선배 전화를 받고 나가서는 술을 마시고 있는 거예요.
그래서 일찍 들어가서 쉬라고 했더니 전화기를 꺼버렸습니다.
밤새 고민을 했어요. 그녀 가슴에 내 존재가 있긴 한지…
도대체 우리가 사랑하는 연인이긴 한지…
다음 날, 처음으로 그녀에게 화를 냈습니다.
목소리는 어색하게 진동하고,
그녀에게 언짢은 마음을 한 번도 얘기해본 적 없는 내 심장은 두려운
듯 떨고 있었죠.
사실 처음엔 성격 좋고 인기 많은 그녀가 좋았습니다.
멋져 보였거든요.
그런데 어느 순간부터 선배 후배 친구 할 것 없이 술친구가 되어 지내

는 그녀가 힘들어졌습니다. 미웠어요.

나와 있다가도 후배 녀석이 실연당했다고 하면 달려가고,

선배가 취직 시험 떨어졌다고 하면 달려가 위로해주고,

언제나 난 뒷전인 것 같은 기분을... 어쩔 수가 없었습니다.

그녀는 내가 우울한 건 보이지도 들리지도 않는 것 같았어요.

한 달 전쯤에는 묶고 다니던 머리를 스포츠로 밀어버렸는데도

혹시 무슨 일이 있느냐고 한 번 묻지도 않더군요.

그녀의 무관심에 점점 유치해지는 나를 보는 것도 괴로웠습니다.

과 후배인 희정이와 다정하게 어깨동무를 하고 찍은 사진을 미니홈피에 올린 것도

그녀가 질투하기를 바라고 한 일이었어요.

그런데 역시 그녀는 아무런 반응도 없었습니다.

지금 내가 왜 이렇게 화가 났는지... 그녀는 모르는 것 같아요.

서울역에서 세 시간을 기다려서도,

그녀가 남자 선배와 술을 마셔서도,

전화기를 꺼놔서도 아닌,

외로워서... 외로워서... 화가 난 건데...

그녀는 진짜 이유를 모르는 것 같습니다.

사랑이... 사랑에게 말합니다.

사랑하니까 이해할 거라는 이유로 사랑을 방치해두지 말라고,

사랑은 늘 따뜻한 보호가 필요하다고...

#078

안경 버린 남자

누군가와 헤어지는 게 처음도 아닌데
헤어진다는 건 여전히 머리카락부터 귓불, 손톱 발톱까지 저려오는 듯 아프고 감당하기 힘이 듭니다.
뭐가 그녀의 마음에 들지 않은 걸까요?
어느 날 이 사이에 낀 커다란 고춧가루라도 본 걸까요?
갈비 집에 들어갔다가 가격이 생각보다 비싸다는 이유로
갈비탕만 한 그릇씩 먹고 나온 게 궁색하게 느껴진 걸까요?
돌이켜 생각해보면, 이별의 이유는 늘 그렇게 거창한 게 아닌 것 같아요.
사소한 실망이, 상상할 수조차 없는 미묘한 감정이
이별을 불러온 것 같습니다.
어젯밤엔 답답해서 친한 여자 후배를 불러내 술 한잔 했습니다.
"나, 유미한테 차였다."
이 한 마디에 고맙게도 남자친구랑 춘천에 가기로 한 약속까지 깨고 나와주었더군요.
"그러니까 선배, 아저씨 같은 안경 좀 바꾸라고 했잖아요."
순간, 농담처럼 건넨 그녀의 대답이 이별의 이유일 수도 있다는 생각이 들었습니다.
그녀는 나보고 렌즈를 착용하면 어떻겠느냐고 자주 그랬거든요.
안경 쓴 남자에게 상처받은 일이 있었을지도 모른다는 생각이 지금에야 드는 건... 왜일까요?
만약 안경 때문도 아니라면 그 일 때문일지도 모르겠어요.
한 번은 외국인이 영어로 어느 소극장 가는 길을 물었는데
내가 대답을 못 했거든요.

당황해서 어쩔 줄 몰라 얼굴만 벌겋게 달아올라 있는데
그녀가 멋지게 대답을 해주더군요.
외국인이 간 후, 그녀가 날 보고 어색한 미소를 지었는데...
그때 그녀의 마음이 와르르 무너져 내린 게 아닐까요?
어쩌면 그녀의 마음에는
내 안경보다 더 두꺼운 돋보기안경이 씌워져 있었는지도 모르겠습니다.
그래서 실제의 나보다 확대되어 보이다가
어느 날 그 안경을 벗게 되면서 내 실체를 정확하게 보게 되고...
그래서 실망해서 떠나버렸는지도... 모르겠어요.
이렇게 침대에 누워 방안을 둘러보니 여기저기 그녀의 흔적뿐입니다.
침대 머리맡에는 아침잠 많은 나를 위해서 선물해준 목청 큰 알람시계가 놓여 있고,
저건 나중에 첫 출근하는 날, 근사하게 매고 가라고 사준 땡땡이 무늬 넥타이...
또렷하게 보인다는 게 이렇게 잔인하게 느껴진 적이 없습니다.
안경을 벗어 쓰레기통에 버렸습니다.
그녀가 내 마음에서 희미해지는 날, 새 안경을 맞추러 가게 될 것 같아요.
지금은 이렇게 흐릿한 세상이 더 편안합니다.

사랑이... 사랑에게 말합니다.
이별할 때마다 심장에도 굳은살이 박이면 좋겠다고,
다음에 이별할 땐 조금 더 무디게, 조금 덜 아플 수 있도록...

#079
이상형을 만난 여자

아직 사랑이라고 말할 자신은 없어요.
하지만 분명한 건, 그 사람과 함께 있으면 자꾸만 웃음이 나오고
쇼핑을 해도 예쁜 남자 옷만 눈에 띄고… 그런다는 거예요.
저녁에는 뭐 하고 있나 궁금하고
그 사람 이름을 인터넷에서 검색해보고
하루 종일 그 사람 얼굴이, 걸음걸이가, 눈에 아른거리는 거…
이거 분명 내가 그 사람에게 빠져버린 거… 맞죠?
겨울 방학 동안 영어 학원을 다녔어요.
민서랑 같이 종로에 있는 학원에 다녔는데
거기에서 드디어 찾아 헤매던 내 이상형의 남자를 발견한 거예요.
영화에서나 보던 푸른 눈에 금발을 휘날리는 롱 다리의 남자,
그 흔하디흔한 이름… 자니…
첫 시간엔 어딜 가다 촌스럽게 돌아가면서 자기소개를 하잖아요.
그렇게 멋진 쌤이 들어올 줄 알았으면 미리 준비를 좀 하는 건데…
이상형 앞에서 스타일을 구길 순 없잖아요.
그래서 첫날은 인상을 쓰며 이마에 손을 얹고 아픈 듯 연기를 하며
강의실을 빠져나왔습니다.
내가 연극영화과를 다녀서, 음… 연기가 좀 되거든요.
물론 다음 날부턴 영어 잘하는 민서의 도움을 받아
확실한 복습과 철저한 예습을 해나갔죠.
역시 공부도 눈에 하트가 그려지니 저절로 됐습니다.
그러던 어느 날, 학교 선배들이 이끄는 극단에서 공연을 한다고 해서
같이 가자고 선생님에게 쪽지를 건넸어요.

나도 포스터 붙이는 일을 좀 도왔거든요.
그랬더니 이렇게 예쁜 여자의 데이트 신청을 거절하면 남자가 아니라고 하면서
손가락으로 동그라미를 만들어 보여주었습니다.
물론 대답은 영어로 했고,
그 옆에 있던 민서가 정확히 통역을 해주었죠.
그날 공연을 보고 난 후, 셋이서 간단히 맥주 한잔 하면서 친해졌어요.
자니가 극장 찾느라 힘들었다고... 그래서 어느 남자한테 물어봤는데
그 옆에 있던 여자친구가 가르쳐주었다고 영어로 얘길 했어요.
그런데 알코올 기운 때문인지 사랑의 힘 때문인지는 몰라도
신기하게도 다 알아듣겠더라고요.
난 끝이 보인다고 시작하지도 못하는 건 비겁하다고 생각해요.
그리고 해피엔딩이 될지도 모르는 거구요.
이젠 학원에도 안 가고... 오늘 안 만나면 왠지 이렇게 그냥 흐지부지 끝나버릴 것만 같아요.
보고 싶은 사람이 먼저 전화하는 거... 이상한 일 아니겠죠?

사랑이... 사랑에게 말합니다.
사랑은 아무도 그 결말을 예측할 수 없다고,
용기 있는 사랑은 누구의 눈에도 아름답게 보이는 거라고...

#080

복학한 남자

한참 어린 후배들하고 한 강의실에서 수업을 들으려니
왠지 쑥스럽고, 자꾸만 옛 추억이 떠오르네요.
제대하고 이번 학기에 복학을 했습니다.
그동안 학교가 얼마나 변했는지 궁금하기도 하고…
그래서 캠퍼스를 한 바퀴 돌아봤어요.
매점 아주머니도, 진입로의 오렌지 빛 가로등도,
운동장으로 내려가는 긴 계단도 그대로인데… 그녀만 없네요.
대학 면접 시험을 보던 날이 문득 생각이 납니다.
내 차례를 기다리며 줄을 서 있는데,
앞에 서 있던 여학생이 갑자기 뒤를 돌아보며 내게 말을 건넸어요.
"저, 옷핀 잠깐 빌려주시면 안 될까요?
순서 보니까… 저에서 끊기고 그쪽에서 다시 시작하니까
나오면서 드릴게요."
번호표를 가슴에 달아야 하는데 깜빡했다나요.
그래서 내 옷에 꽂혀 있던 옷핀을 빼서 빌려주었더니
면접을 보고 나오면서 다시 내 손에 쥐여주더군요.
손가락으로 동그라미를 만들어 보이며 "땡큐!" 하면서요.
그 모습이 얼마나 귀엽던지 그녀가 꼭 붙기를 빌었습니다.
그렇게 시작된 인연으로 우리는 CC가 되었어요.
내가 "우리 사귈래?" 그랬을 때도
그녀는 손가락으로 동그라미를 만들어 보이며 "좋아"라고 했죠.
그게 엊그제 일 같은데 벌써 사 년이란 시간이 흘렀네요.
손가락 동그라미는 그녀의 버릇이에요.

땡큐라고 말하고 싶을 때도, 오케이라고 대답하고 싶을 때도
그녀는 엄지와 검지로 동그라미를 만들어요.
수업시간에도 내게 동그라미를 만들어 보였어요.
그럼, 지금 땡땡이 치고 나가 떡볶이랑 순대를 먹자는 신호였습니다.
그럼 나도 그녀에게 손가락 동그라미로 답을 했죠.
그녀의 동그라미는 기분 좋은 전염성을 갖고 있는 것 같아요.
나뿐만 아니라 주위 사람들에게도 금세 옮기거든요.
취업 준비한다고 영어 과외를 받았는데,
어느 날 보니까 그녀의 영어 선생님인 자니까지도 손가락 동그라미로 묻고, 대답을 하더군요.
오케이? 오케이... 하면서 말이에요.
오늘 그녀는 잡지사에 면접 시험을 보러 갔어요.
기자가 그녀의 꿈이거든요.
그래서 오늘 아침 지하철역에서 만나 가는 것까지 보고 왔어요.
그리고 내 십자가 목걸이를 그녀의 목에 걸어주었습니다.
옷핀도 한 움큼 백 속에 넣어주었어요.
그때처럼 뒤에 있는 남자에게 옷핀을 빌릴 일이 생기면 안 되니까요.
그녀는 이제 사회로 나가는데, 난 학교 생활을 다시 시작해야 하니...
사실 만감이 교차합니다.
하지만 우리의 미래엔 동그라미만이 존재할 거라고 믿습니다.

사랑이... 사랑에게 말합니다.
다른 공간에 있게 된다고 불안해하지 말라고,
같은 공간에 있다고 사랑의 뿌리가 깊어지는 건 아니라고...

#081

블랙커피가 쓴 여자

이래서 웬만하면 사내 연애는 피하라고들 하나 봐요.
단지 두세 달 동안 좋아하는 영화 몇 편 같이 보고, 같이 밥 먹고,
같이 드라이브한 것뿐이라고 쿨하게 생각하려 했는데...
그게 마음처럼 쉽지가 않네요.
같이 한 몇 가지 단순한 일들 때문에
이렇게 복잡한 마음을 갖게 된다는 걸 처음 알았습니다.
난 뭐든 아닌 건 빨리 접어야 된다는 주의예요.
연애를 오래하는 건 시간 낭비, 인생 낭비라고 생각하거든요.
그래서 제일 오래 만난 사람이... 내 기억으로는 육 개월 정도인 것 같아요.
이번에 만난 남자도 지금까지 만난 남자들처럼 내 심장을 뛰게 하지는 못했어요.
손을 잡아도 그냥 무덤덤했거든요.
그래서 '이번에도 아니다' 싶은 생각에 그를 불러내 말해버렸어요.
우리 사이에 있던 그동안의 호감, 그냥 없던 걸로 하자고...
그리고 우리 때문에 주위 사람들이 불편해할 수도 있으니
그냥 편하게 지내자고.
그랬더니 그가, 그러기를 원하면 그렇게 해주겠다고
동요 없는 얼굴로 대답하더군요.
그런데 이상하게 이런 그의 반응이 좀 섭섭했습니다.
그러더니 그날 이후로 가시방석에 앉은 듯 안절부절 못하고 있어요.
회식 자리에 가서도 의식적으로 그와 멀리 떨어져 앉고,
복도에서 마주치기라도 하면 전화 받는 척 뒤돌아서고.

어제는 복도에서 자판기 커피를 뽑고 있는데
그 사람이 뒤에 와서 섰습니다.
순간 자연스럽게 "한 잔 뽑아줄까요?" 그러고 싶었는데
"커피가 왜 이렇게 쓰지?" 하며 애꿎은 커피 맛만 트집 잡으며 그 자리를 피했습니다.
그랬더니 그가 내 뒤통수에 대고 혼잣말처럼 중얼거리더군요.
"며칠 전에 자판기 관리하는 사람이 바뀌었대요.
그런데 블랙커피는 다른 자판기도 다 쓴 거 아닌가..."
순간, 내 손에 쥐어진 종이컵을 보니 글쎄, 블랙커피가 있지 뭐예요?
내가 당황해서 밀크커피를 누른다는 걸 블랙커피 버튼을 누른 거죠.
내 행동이 하도 한심해서 밤새 한숨도 못 잤습니다.
오늘 같은 날은 좀 앉아서 가고 싶은데 지하철에 자리가 나질 않네요.
내 앞에 앉아 있는 여자는 눈을 지그시 감고 목에 건 십자가 펜던트만 계속 만지작거리며 있습니다.
자세가 여유 있는 걸 보니 내리려면 한참은 남은 것 같아요.
생각해보니 난 지금까지 남자에게 목걸이를 선물받은 적이 한 번도 없는 것 같아요. 다 짧은 연애 때문이겠죠.
언제쯤 남자에게 멋진 목걸이를 선물받을 수 있을까요?

사랑이... 사랑에게 말합니다.
서둘러 결정을 내리려 하지 말라고,
그냥 흐르는 시간에 마음을 맡기고 기다려보라고...

#082
드라마 주인공이 된 남자

왜 전화가 한 통도 오지 않는 걸까요?
다들 이해심이 많은 착한 사람들이거나, 아니면 블랙커피만 마시는 사람들 같습니다.
오늘 아침에 자판기 점검을 하러 들어갔다가 블랙커피만 나오도록 해놓고 나왔습니다.
그리고 기적을 기다리는 중이에요.
그녀가 "자판기가 이상해요. 블랙커피만 나오네요" 하고 전화해주기를 바라고 있으니까 기적이겠죠.
한 달 전쯤, 양재역에서 마을버스를 타고 거래처에 가고 있는데
긴 생머리에 얼굴이 하얀... 그녀를 봤습니다.
나도 모르게 그녀를 따라 내렸고, 회사 앞까지 쫓아갔죠.
그녀는 B빌딩의 회전문을 통과해 홀수 층 엘리베이터를 타더니
5층에 내려 501호 사무실로 들어가더군요.
그런 기분, 처음이었어요.
방망이로 뒤통수를 한 대 얻어맞은 것처럼 멍한 기분...
그때 저 복도 끝에서 어떤 아저씨가 커피 자판기를 청소하고 계신 게 보였습니다.
순간, 나도 모르게 그 아저씨와 친해져야겠다는 생각이 들었어요.
"왜 자판기마다 커피 맛이 다른 거예요?" 이런 실없는 질문을 시작으로 한참을 서서 아저씨와 얘길 나눴습니다.
그랬더니 자판기 사업에 관심이 있느냐고 물으시더군요.
그래서 사실대로 얘기를 했습니다.
"실은 오늘 아침 버스에서 어떤 여자에게 반해 여기까지 쫓아왔습니다.

이 자판기를 관리하게 되면 그녀를 자주 볼 수 있을 것 같아서요.
보수는 필요 없습니다. 그냥 관리만 하게 해주세요."
그랬더니 기가 막히신지 내 얼굴을 빤히 쳐다보곤 사라지셨습니다.
거기에서 그칠 만큼 그녀에게 반한 게 아니었어요.
그럼 거기까지 따라가지도 않았겠죠.
그날 이후 이틀에 한 번 꼴로 찾아가 그 아저씨께 조르고 졸랐습니다.
물론 청소도 도와드리면서요.
그랬더니 어느 날인가 "젊은이, 꼭 성공하게나. 커피 맛이 변하면 동전이 안 쌓여. 변하지 말게나. 지금 그 마음..." 하면서 열쇠를 손에 쥐여주셨습니다.
나에게 당분간 임대를 해주시겠다고 하면서요.
그날로 바로 자판기에 붙어 있는 전화번호도 바꾸고
거의 매일 들르다시피 하고 있는데...
아직 그녀에겐 말 한 마디 건네지 못했습니다.
참 무모하다는 거 압니다. 그래도 최선을 다해보고 싶어요.
젊은 시절, 한때 이런 드라마 같은 사랑을 해보는 것도 나쁘지 않잖아요.
그나저나 점심 식사 후엔 커피 한 잔 마시겠죠?
그때까지 피시방에서 게임이나 하고 있어야겠습니다.
내일은 커피 한 잔 뽑아들고 그녀에게 맛이 괜찮은지 물어볼까요?
그런데 혹시 그녀가 커피를 싫어하는 건 아닐까요?

사랑이... 사랑에게 말합니다.
사랑에 빠지면 드라마 주인공처럼 사랑하고 싶어진다고,
그런 자신의 모습을 보며 만족스러워하게 된다고...

#083
철 안 드는 남자

이 나이에 선을 보라니 그게 도대체 말이 됩니까?
이제 내 나이 스물아홉이에요.
물론 아버지 기준에서는 노총각일 수도 있겠죠.
하지만 지금 세상이 어디 그렇습니까?
그리고 난 아직 장가갈 때가 안 됐어요.
양복보단 힙합 바지가 더 잘 어울리고, 물론 이건 순전히 내 생각입니다.
그리고 재테크보다는 인터넷 게임에 더 관심이 많은데
장가는 무슨 장가를 가라는 건지... 정말 모르겠습니다.
그리고 만약 부모님 성화에 선을 봐서 결혼했다 치면
그때부턴 또 손자 타령이 시작되겠죠.
요즘은 아이가 부의 상징이라는 말까지 있잖아요.
그러니 자연히 경제적인 부담이 어깨를 짓누를 거고
그러다 보면 사는 게 뭔지...
나 개인의 삶은 사라지고 누구의 남편, 누구의 아빠로 살아가게 되겠죠.
우리 아버지처럼 말입니다.
아버지는 정년퇴직을 하신 후에도, 자식들 공부시키고 시집 장가 보내려면 벌어야 된다고 하시면서
커피 자판기 몇 대를 사서 무점포 창업을 시작하셨습니다.
지금까지 고생하셨으니 이젠 슬슬 여행이나 다니시며 사셔야 하는데
우리들 때문에 그러질 못하시는 거죠.
그래서 며칠 전에 아는 형이 근무하는 여행사에 전화를 해서
동남아 여행을 알아봤습니다.
성수기가 아니라서 그렇게 비싸지도 않더라구요.

그래서 여행 다녀오시라고 예약을 해뒀는데
오늘까지도 취소하라고 난리시네요.
내일이 출발인데 말입니다.
난, 이런 아버지의 모습을 볼 때마다
고마우면서도 왠지 모를 화가 저 밑에서부터 치밀어 오릅니다.
또 잔소리가 시작됐습니다.
"어떤 녀석은 버스에서 본 여자한테 반해서 자판기까지 임대를 해달라고 쫓아다니는데 넌 어째 그러냐? 무슨 사내놈이 낭만도 없고, 사랑도 모르는지..."
'버스에서 반한 여자'와 '자판기 임대'가 무슨 관계가 있다는 건지,
아버지 얘기는 항상 이렇게 앞뒤가 없고 가운데 토막만 있습니다.
이런 분이 어머니께 처음 사랑 고백을 할 때 뭐라고 하셨을까요?
문득 궁금해집니다.
음... 저희 아버지 어머니도 젊은 시절 한때 뜨겁게 사랑하셨겠죠.
어머니 증언에 의하면, 아버지가 어머니를 죽도록 쫓아다니셨대요.
그런데, 그렇게까지 사랑했으면 뭐 합니까?
지금은 낭만이라고는 눈곱만큼도 찾아볼 수 없는 부부인걸요.
난 지금이 딱 좋습니다. 자유롭잖아요. 낭만도 있고.

사랑이... 사랑에게 말합니다.
나의 부모도 한때 사랑하는 연인이었다는 걸 잊지 말라고,
그러니 두 분에겐 두 분만의 사랑의 코드가 존재할 거라고...

#084
결혼하는 여자

잠깐 찬바람을 쐬면 괜찮을까 싶었는데 진정이 안 돼요.
심장은 계속 방망이질치고, 두 발은 땅에서 30센티미터 정도 떨어져 공중에 떠 있는 기분이에요.
아찔하고 정신이 없습니다.
사실, 한 번은 만나고 싶었어요.
만나서 어쩌면 아직 남아 있을지 모르는 선배에 대한 거품 같은 감정을 뽀드득 소리가 날 만큼 말끔하게 씻어내고 싶었습니다.
희정 선배를 통하면 연락처를 알 수도 있었어요.
하지만 용기가 나지 않아 망설이고 있었는데
이렇게 상상도 못한 장소에서, 아무런 준비도 없이 마주치다니…
조금은 마음이 허합니다. 찬바람이 휘이, 부는 것 같아요.
오늘 일정이 바쁜데… 그래서 정우 씨랑 둘 다 휴가를 냈거든요.
오늘 신혼여행지와 드레스, 턱시도까지 다 결정하기로 해서
신촌에 있는 여행사에 먼저 들렀는데…
여기에서 이렇게 꿈같은 상황이 벌어지다니 정말 믿기지가 않습니다.
여행사 문을 열고 들어서는 순간, 정말 기절하는 줄 알았어요.
창가 자리에 앉아 있던 남자와 눈이 딱 마주쳤는데
그 순간, 서로 시선을 피해 고개를 돌렸습니다.
그리고 다시 천천히… 천천히… 고개를 돌려 창가 쪽을 봤는데
잘못 본 게 아니더라구요.
바로 거기에 거짓말처럼… 내 첫사랑 준이 선배가 전화를 받고 있었어요.
"부모님들은 원래 다 그러셔. 그리고 지금 와서 어떻게 취소를 해?"

아마 누군가 여행을 취소할 수 있는지 문의하는 것 같았습니다.
내 가슴에게 말했어요.
'정신 차리자, 진정하자... 아무렇지도 않은 척... 알지?'
그런데 내 가슴은 말을 듣지 않았어요.
'우리, 나중에 신혼여행 어디로 갈까? 하와이? 푸켓? 발리?
아니다, 아프리카에 가서 한 달쯤 있다 오는 거 어때?'
아주 짧은 찰나, 예전에 선배가 내게 쏟아내던 얘기들이 귓가에 멍멍하게 울렸습니다.
그때 정우 씨가 우리의 담당자를 찾았어요.
"실례지만... 여기 홍미선 씨가..."
"이쪽으로 오세요."
하필이면 준이 선배 바로 옆 자리의 여자 분이 우리 담당자였습니다.
발걸음이 떨어지지 않아 자리에서 꼼짝 않고 서 있는데
그때 정말 고맙게도 드레스 숍에서 문자가 도착했습니다.
'신부님, 오늘 예약시간에 늦지 않게 와주시면 감사하겠습니다.
예약이 많이 밀려 있으니 양해바랍니다.'
그래서 정우 씨한테 드레스 숍에서 전화해달라는 문자가 왔다고 둘러대고는 잠깐 바람을 쐬러 나왔습니다.
그런데 다시 들어갈 자신이... 없네요.

사랑이... 사랑에게 말합니다.
순수의 이름으로 거품처럼 부풀려 있는 게 첫사랑이라고,
지금 있는 그대로의 거품 가신 사랑을 소중히 여기라고...

#085

라디오 듣는 여자

여기에 오는 사람들은 모두 행복에 차 있어요.
이제 곧 웨딩드레스를 입고 세상에서 가장 행복한 신부가 될 생각을 하면, 아마 미소가 저절로 지어지는 모양입니다.
몇 달 전에 와서 드레스 피팅 다 끝내놓고,
그동안 운동이다 식이요법이다 해서 열심히 다이어트를 하고
다시 찾아오는 열성적인 신부도 있어요.
생애 단 하루뿐인 특별한 날을 위해서라면
그 정도는 감수해야 된다고 생각하는 거겠죠.
그런 신부들을 보면 참 예쁘고, 뭐랄까… 덩달아 기분이 들뜹니다.
가만 생각해보니 나도 예전에 파릇파릇한 청춘이었던 그때… 그런 것 같아요.
아마 일주일 정도는 거의 밥도 안 먹고 물만 먹으면서
뱃살을 줄이고 등살을 뺀 것 같네요.
진짜 결혼식도 아니고 그냥 우리끼리 하는 언약식인데도 말이에요.
그 사람에게 예쁘게 보이고 싶었거든요.
당시 내 친구들 사이에서는 언약식 하는 게 유행이었어요.
친구들 앞에서 두 사람이 영원히 사랑하겠다고 맹세하는 거죠.
그런데 지금 생각해보면 꿈도 참 야무진 거 같아요.
영원히 사랑하겠다고 맹세하다니… 영원… 맹세…
그런 단어를 그렇게 함부로 남용하다니…
아마 그때는 그게 가능할 거라고 철석같이 믿은 모양이에요.
철없던 우리의 사랑은 그가 군대에 가면서 산산조각이 났습니다.
내 마음이 변했거든요.

그리고 그 이후로 내 마음은 여러 번 변했고,
또 얼마 전에도 변했습니다.
아직도 군복 입은 사람을 보면 그 사람 생각이 어렴풋이 나요.
그렇다고 잊지 못한다거나 하는 건 아닙니다.
그냥 아주 가끔 그 사람이 좋아하던 저 노래를 들으면 생각날 뿐이에요.
지금 라디오에서 흘러나오는 저 노래요.
라디오에서 저 노래가 나올 때마다
혹시 그가 신청한 게 아닐까 생각하게 돼요. 글도 잘 썼거든요.
참, 지금 이렇게 넋 놓고 있을 때가 아닌데...
오늘 오후에 예약이 줄줄이 밀려 있거든요.
문자 보내는 일도 깜빡하고 있었네요.
'신부님, 오늘 예약시간에 늦지 않게 와주시면 감사하겠습니다.
예약이 많이 밀려 있으니 양해바랍니다.'
어, 오후에 예약해둔 신부님이 시간을 앞당겨 오셨네요.
친구 분들과 함께 오신 걸 보니 오늘은 결정이 나겠군요.
오늘이 세 번째 오신 거거든요.

사랑이... 사랑에게 말합니다.
음악과 함께 남는 사랑은 늘 애잔하다고,
사랑한다면 추억이 될 수 있도록 함께 음악을 들으라고...

#086
집을 부술 수 없는 남자

어쩌면 거짓말로라도... 그녀를 안심시켜야 했는지 모릅니다.
하지만 잔인하다는 걸 알면서도 난 솔직한 편을 택했습니다.
어제 저녁, 한강이 보이는 카페에서 와인을 한잔 하면서 수진이가 내게 물었어요.
수진이는 대학 졸업 후 산악 모임에서 만난 예쁘고 착한 동생입니다.
"오빠, 나도 이제 방향을 정할래. 아직도 그녀가 지어놓은 집... 다 못 부숴어? 아직도... 생각 많이 나?"
"물론 늘... 항상 생각나는 건 아니야. 하지만 가끔, 아주 가끔 미치도록 생각이 나... 그래도 괜찮겠어?"
"한 번도 본 적 없지만 참 부럽네... 그녀는 행복하겠다..."
문득, 그녀는 정말 행복할까... 어디에서 뭘 하며 살고 있을까... 궁금했습니다.
의상 디자인을 전공했으니까 디자이너가 됐을지도 모르겠다는 생각이 들었어요.
그녀를 완전히 잊고 살아가는 것, 만난 적도 없고 사랑한 적도 없는...
처음부터 모르는 사람으로 만들어버리는 것,
그건 아마 평생이 걸려도 어려울 것 같습니다.
난 대학교 2학년을 마치고 군대에 다녀왔어요.
입대하던 날, 그녀는 정말 많이 울었습니다.
눈이 퉁퉁 부어 뜰 수조차 없었죠.
남자가 입대할 때 많이 우는 여자는 기다리지 못한다더니
그 말이 맞더라구요.
어느 날부턴가 면회 오는 게 뜸해지더니 아예 편지가 뚝 끊겼습니다.

그렇게 피 말리는 6개월이 지난 어느 날, 그녀에게서 편지가 왔어요.
군복 주머니에 빨간 봉투를 접어 넣고는 하루 종일 생각했습니다.
사랑한다는 말은, 보고 싶다는 말은 몇 번이나 적혀 있을까,
그동안 연락 못 해서 미안하다는 말은 안 해도 되는데...
받자마자 바로 펴볼 수가 없었습니다.
누구에게도 방해받지 않는... 가장 조용하고 아늑한 시간에 읽고 싶었거든요.
드디어 모두 잠든 밤, 주머니 속 그녀의 편지를 만지작거리며 화장실로 가 펴봤습니다.
그녀의 편지를 읽어 내려갈수록... 눈물이 뚝뚝 떨어졌어요.
예상한 대로 그녀에게서 도착한 이별 통보였습니다.
믿을 수가 없어서 밤새도록 화장실에 쭈그려 앉아 읽고 또 읽었습니다.
그때 생각을 하니 또 가슴이, 머리가... 멍해지고 눈시울이 빨개졌습니다.
고개를 들어 수진이를 보니 그녀의 눈에도 눈물이 맺혀 있더군요.
그냥 모르는 척 피디에게서 온 전화를 받았어요.
난 라디오 프로그램의 음악을 선곡하고 음악에 관한 원고를 쓰는 일을 하고 있습니다.
어제도 그녀와 논산으로 가던 날, 마지막으로 같이 들은 노래를 선곡했어요.
어쩌면 어디에선가 그녀가 그 노래를 들을지도 모른다는 생각에...

사랑이... 사랑에게 말합니다.
이별을 통보받은 사랑은 늘 더 단단하게 느껴지는 거라고,
이제 그만 추억의 집을 부숴버리고 현실 위에 집을 지으라고...

#087

장미 접는 남자

그녀가 보고 있다고 생각하면 자꾸만 착한 일을 하게 돼요.
오늘 아침 출근길에도 끼어드는 사람들에게 모두 양보해줬어요.
서둘러 가야 하는 특별한 이유가 있겠지, 하면서요.
그리고 어제는 회식이 있어서 지하철을 타고 출근했는데
지하도에 앉아 있는 걸인에게 만 원이나 적선을 했습니다.
예전 같으면 어림도 없을 이런 일들이 내게 일어나고 있는 건
순전히 그녀, 손가락이 유난히 희고 긴... 그녀 때문입니다.
딱 한 번 그녀의 손을 잡아본 적이 있어요.
지난 가을, 그녀가 처음 등반 모임에 나온 바로 그날이었어요.
산악 동호회 사람들하고 지리산 등반을 하려고 모였는데
오프라인상으로는 처음 보는 회원인 그녀가 나왔습니다.
바로 그 전날 장만한 듯 보이는 주름 잘 잡힌 등산복 차림을 하고선
어색하게 서 있었죠.
"그냥 무작정 오르고 싶다는 생각에 나왔어요. 잘 부탁합니다."
수줍은 듯 고개를 숙이고 자기소개를 하던 그녀의 모습이 아직도 눈
에 선합니다.
그런데 그날 등반은 초보자인 그녀에게는 너무 무리였어요.
사실 그녀의 상태는 뒷산도 못 올라갈 실력이었거든요.
그래서 험한 곳을 오를 때마다 몇 번 손을 잡아 도와주었는데...
아마 그때인 것 같아요.
그녀가 노크도 없이 무작정 내 마음속으로 들어와버린 게...
그 이후로 혼자 쭉 가슴앓이를 했습니다.
그런데 이젠 이 외로운 사랑을 끝낼 수 있을 것 같습니다.

그동안 거절당할까 봐 두려워서 미뤄온 고백을
내일 화이트데이를 맞이해서 남자답게 근사하게 할 생각입니다.
사실은 동호회에서 그녀와 가장 친하게 지내는 수진 씨한테
그녀 마음을 살짝 떠봐달라고 부탁했거든요.
그랬더니 남자로서 매력 있다고 했대요.
그 대답을 들은 순간부터 며칠을 고민했습니다.
그녀에게 어떤 선물로 마음을 전하면 좋을까 하고요.
그리고 결정했습니다.
돈 주고 산 장미가 아니라 직접 만든 장미를 백 송이 선물하자…
그래서 지금 여동생에게 배워 종이 장미를 접고 있습니다.
물론 이런 내 모습이 나도 낯섭니다. 그리고 우스꽝스럽기도 해요.
하지만 그녀를 감동시킬 수만 있다면
이보다 더 유치한 일도 할 수 있습니다.
아, 이제 한 송이만 더 접으면 백 송입니다.
마지막 한 송이를 접기 전에, 베란다에 나가 담배를 한 대 피워야겠습니다.
저 아래 깜깜한 놀이터에서 담배를 피우고 있는 사람이 보이네요.
아마 이 아파트에 사는 여자친구를 기다리고 있나 봅니다.
나도 저럴 날이 멀지 않은 걸까요?

사랑이… 사랑에게 말합니다.
생애 가장 멋진 고백의 말을 준비하라고,
그리고 종이꽃처럼 시들지 않는 사랑을 만들어가라고…

#088

시소 타는 여자

참 고된 하루였어요.

마음을 추스르기엔 바람이 너무 많이 불고,

행복한 사람들이 너무 많은... 그런 날이었습니다.

팬시점과 편의점엔 오색찬란한 사탕들이 가득하고,

거리엔 사탕 바구니를 들고 팔짱을 낀 연인들이 가득하고...

남자친구와 헤어진 지 얼마 되지 않은 나 같은 사람에겐... 참 위험한 날이었어요.

하마터면 나도 전화를 걸 뻔했으니까요. 헤어진 그 사람에게...

그래도 다행히 안간힘을 다해 참았습니다.

전화기를 아예 꺼버렸어요.

아무에게도 전화가 오지 않으면 너무 슬플 것 같아서요.

그냥 집에 일찍 들어가려고 약수역에 내려 개찰구를 통과하는데

광고 전광판에 있는 예쁜 여자 모델도 사탕을 들고 있더군요.

의상 광고인데, 내 눈엔 사탕만 보였습니다.

광고 속 그녀의 턱에 누군가 수염을 그려놨더군요.

그래도 그녀가 나보다는 행복해 보였어요.

역에서부터 걸어 아파트 현관 앞에 도착했는데
그때, 아직 남자친구와 헤어진 줄 모르는 엄마의 얼굴이 떠올랐어요.
이번에도 또 그랬다면 어떤 표정을 지으실까...
속상해할 엄마를 생각하니 안 되겠다 싶었어요.
그래서 아파트 앞 편의점에 가서 자그마한 사탕 바구니를 하나 골랐습니다.
그런데 카운터 앞에서 계산하는 순간, 눈물이 왈칵 쏟아지는 거예요.
창피해서 뒤를 돌아 냉장고 쪽으로 갔습니다.
어쩔 수 없이... 맥주를 한 캔 집어 들고... 다시 카운터로 가서...
태어나서 처음으로 담배도 한 갑 샀습니다.
그리고 아파트 단지 안 놀이터로 갔어요.
그 사람이 밀어주던 그네에 혼자 앉아
발을 앞으로 굴렀다... 뒤로 굴렀다...
왔다... 갔다... 하는데
맥주 거품 위로 눈물이 똑, 똑, 떨어졌습니다.
그네에서 내려 시소 위에도 살며시 앉아봤습니다.
마치 그 사람이 저쪽에 마주 앉아 장난을 치고 있는 것 같은 착각이 들었어요.
난 점점 땅에서 멀어져 공중에 붕 뜨고,
그 사람은 점점 땅과 가까워지더니... 끝내 땅에 닿아 멈춰버리고...

그 사람, 나를 위해 그렇게 늘 땅에 닿아 있었는데,

그래서 내가 공중에 붕 떠 즐거울 수 있었는데...

그땐 몰랐습니다.

어느 날 갑자기 그 사람이 시소에서 내려버린 후 알았어요.

그 사람이 없는 난 아무것도 아니라는 걸...

담배에 불을 붙였습니다.

그 사람이 좋아하던 박하 향이 나는 담배예요.

이 무서운 담배를 왜 피우느냐고 그 사람에게 늘 그랬는데...

아무래도 난 이 담배보다 더 무서운 이별을 한 것 같습니다.

사랑이... 사랑에게 말합니다.

담배는 타고 나면 재가 되지만 사랑은 타고 나면 상처가 된다고,

그래서 사랑은 불꽃이 사그라지기 전에 바람을 막아줘야 한다고...

#089

이미 길들여진 남자

요즘 회사일이 바빠서 거의 한 달 동안 데이트를 못 하고 있어요.
그래도 불만 한 마디 입 밖으로 내는 법이 없는 착한 여자입니다.
오히려 건강 해치면 안 된다고 보약까지 지어서 회사 경비실에 맡겨 두고 갔더라구요.
그런 사려 깊은 여자입니다.
아마 예전의 그녀 같으면 난리가 났을 거예요.
그녀는 매일 데이트를 해야 했습니다.
하루라도 못 만나게 되면 사랑이 식었다고 우기며,
지금 있는 건물 옥상에 올라가서 크게 "사랑한다!" 고 열 번을 외치면 용서해주겠다고 협박을 하기도 했습니다.
그리고 영화만 보고 나오면 영화 속의 남자처럼 해달라고 졸라대는 게 취미였어요.
그래서 〈엽기적인 그녀〉에서처럼
하이힐을 신고 거리를 활보한 적도 있고,
〈러브 액츄얼리〉에서처럼 고백을 해달라고 해서
밤새 그녀를 위해 그림을 그리고 편지를 써서
다음 날 스케치북을 넘기며 사랑 고백을 한 적도 있습니다.
한 번은 약수역에서 만나 같이 남산에 가기로 했는데
내가 먼저 도착해서 광고 전광판을 보고 있었어요.
여자 모델이 나풀거리는 원피스를 입고 막대 사탕을 하나 손에 쥐고 있는 모습인데 예쁘더라구요.
그래서 그녀에게 저 원피스를 선물하면 좋겠다고 생각하고 있었는데,
그 모습을 보고 달려와서는

내 마음도 모른 채 갑자기 가방에서 까만 네임 펜을 꺼내
사진 속 모델 얼굴에 낙서를 하기 시작했습니다.
턱에는 까만 수염까지 막 칠해놓고 말이죠.
우스꽝스러워진 광고 속 모델을 보고 둘이 얼마나 웃었는지 모릅니다.
그리고 누가 쫓아오기라도 할까 봐 손을 잡고 역을 뛰어서 도망쳐 나온 기억이 나네요.
어쩌면 아직도 그 광고 사진이 그대로 걸려 있을지도 모르겠습니다.
아마 지금 내 곁에 있는 착한 여자라면,
내가 광고 전광판 속 다른 여자가 아니라 진짜 다른 여자에게 눈을 돌린다 해도 그냥 모르는 척... 기다려줄지 모릅니다.
하루도 그냥 넘어가는 법이 없는 여자를 만나다가
지금의 이렇게 조용하고 착한 여자를 만나니까
사실 마음은 편한데... 재밌지는 않아요.
파도 없는 날의 잔잔한 바다 같습니다.
그런데 난 아무래도 파도도 좀 치고 물보라도 이는 그런 바다가 더 적성에 맞는 것 같아요.
어쩌면 착한 여자는 이런 내 마음까지도 알고 있을지 모르겠습니다.
예전의 그녀를 내 마음에서 싹둑 잘라내야 하는데
그게 마음처럼 잘 안 되네요.
큰일입니다.

사랑이... 사랑에게 말합니다.
옛사랑과 지금의 사랑을 비교하는 것만큼 못된 사랑은 없다고,
결국 끝까지 아름답게 빛을 발하는 사랑은 착한 사랑이라고...

#090

슟을 포장하는 여자

나와는 전혀 상관없는 일인데 왜 이렇게 신경이 쓰이는 거죠?
오전 진료 시간 내내 얼마나 넋을 놓고 있었으면
점잖기로 소문난 우리 원장님에게까지 한 마디 들었습니다.
난 한의원 간호사예요.
은경이에게 문자가 왔습니다. 남자친구 보약 찾으러 온다고.
그렇게 무뚝뚝하고 바쁘기만 한 남자가 뭐가 좋다고 보약까지 지어다 바치는지...
난 정말 은경이의 사랑이 이해가 안 가요.
은경이도 은경이지만 이런 나도 정말 이해가 안 갑니다.
그 후배 녀석이 여자친구와 헤어진 게,
그래서 힘들어하는 게 도대체 나랑 무슨 관계가 있다고
이렇게 온종일 정신을 놓고 있는지... 정말 모르겠습니다.
어젯밤에 오랜만에 후배 녀석과 메신저에서 만나 얘기를 나눴어요.
잘 지내는지, 늘 붙어 다니는 여자친구는 잘 있는지...
그런데 생각지도 못한 뜻밖의 대답을 들었습니다.
'누나, 저 미소랑 헤어졌어요.'
'헤어졌다'는 단어에 눈물이 고여 있는 것만 같았습니다.
그때서야 알았어요. 녀석의 아이디가 '사랑을 놓치다'로 되어 있는 걸.
그래서 "놓쳤다고 생각하지 마. 그러면 끝까지 쫓아가 잡고 싶어질 테니까... 그냥 놔버렸다고 생각해" 이렇게 말해주려다가 말았습니다.
대신 "놓쳤다고 생각되면 붙잡아" 하고 말해줬어요.
그랬더니 녀석은 충고 고맙다는 말을 끝으로 로그아웃해서 나가버렸습니다.

그런데 그 이후로 줄곧 녀석의 다친 마음이... 걱정이 돼요.

마음의 독이 풀려야 할 텐데... 마음을 여과시켜야 할 텐데... 상처가 빨리 아물어야 할 텐데... 하고 말이에요.

전화가 왔습니다. 오늘 오후에 진료 예약을 해두신 분인데 일이 있어서 못 오신다는군요.

그래서 다시 예약 시간을 잡아드리는데... 순간, 예상치 못한 마음이... 욕심이... 생겨나고 있는 게 느껴졌어요.

그 녀석의 마음을 예약해두고 싶다는 어처구니없는 욕심이.

녀석의 마음을 위로해주고 싶습니다.

생각 끝에 우리 한의원에서 직접 구운 참숯 한 박스를 포장했어요.

그리고 쪽지도 써 넣었어요.

'숯은 신선한 힘이라는 뜻을 가지고 있는 우리나라 말이래.

정화 작용, 해독 작용, 그리고 상처를 복원하는 힘까지 있대.

그녀의 향기에서... 벗어나길 바란다. 이미 놓쳐버린 사랑이라면...'

점심시간인데 환자 분이 찾아오셨네요.

잠을 잘못 잤는지 목이 잘 돌아가지 않으신대요.

내 마음도 저렇게 제자리로 돌아가지 않고 지금 이 상태로 멈춰버리면 어떡하죠?

내 마음이 까맣게 탄 숯덩이가 되어버리면 어떡하죠?

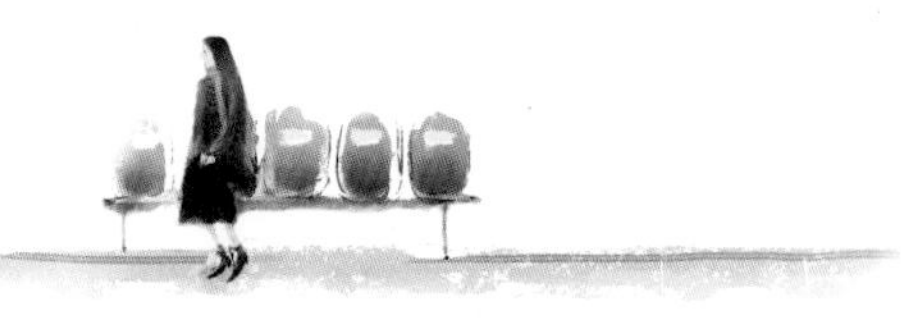

사랑이... 사랑에게 말합니다.

이미 숯이 되어버린 사랑은 다시 나무가 되지 못한다고,

나비가 날아들고 꽃이 피던 시절은 숯에게는 추억일 뿐이라고...

#091

MT 다녀온 여자

나만 즐거운 것 같아서, 나 혼자만 행복한 것 같아서... 미안해요.
그리고 서로 공감할 수 있는 부분이 점점 줄어들어서 너무 속상해요.
같이 재수를 하거나 같이 대학생이 되었으면 좋았을 텐데...
완이는 재수를 선택했고 난 대학생이 되었습니다.
"다음 달엔 단과반 몇 과목 끊어서 들어보려고...
정호가 그러는데 괜찮은 선생님이 몇 분 있대."
"난 어떤 동아리에 들어갈까 고민하다가... 사진반에 들어갔어."
이렇게 완이는 학원 얘기를, 난 학교 얘기를 하다 보면
어느 순간, 몇 초 동안 둘 다 아무 말을 하지 않을 때가 있어요.
그리고 누가 먼저랄 것도 없이 예전 이야기를 꺼냅니다.
"그때 기억나? 우리 수목원 갔을 때, 김밥 정말 맛있었는데...
그런데 이제 진실을 말해봐. 그거 진짜 네가 싼 거야?"
어색한 분위기를 깨보려고 과거의 추억들을 하나씩 불러오는 우리의
모습을 보고 있으면
갑자기 슬픔이... 썰물처럼 밀려옵니다.
그리고 내가 대학생이 된 게 완이에게 미안해져요.
아마 완이도 내게 미안해지겠죠. 대학생이 되지 못한 게...
지난주 주말엔 동아리 MT를 다녀왔어요.
게임도 하고, 밥도 해 먹고, 술도 마시고, 사진도 찍고...
그런데 자꾸만 웃게 되는 거예요. 자꾸만 즐거워지는 거예요.
그런 내가 미워서... 마음에 들지 않아서... 때려주고 싶었습니다.
완이는 하루하루가 전쟁 같을 텐데
난 하루하루가 이렇게 설레고 아름다우니...

그건 배신이잖아요.
게다가 텔레비전 오락 프로그램에서 하는 것과 비슷한 게임을 하다가
남자 선배 등에 업혔는데 그 선배가 물었어요.
"남자친구 있니?"
여러 가지 생각이 복잡하게 얽히면서... 그만, 없다고 해버렸습니다.
만약 있다고 하면 어느 학교 다니는지 물을까 봐 그랬고,
그리고 그 선배가... 혹시 나한테 관심이 있는 게 아닐까 하는 마음에
그렇게 대답했습니다.
그러고는 완이에게 미안해져 혼자 속으로... 속으로 되뇌었어요.
'완이야... 미안해... 미안해...미안해...'
몸은 게임을 하고, 마음은 완이에게 사과를 하고,
그러다가 조금 다쳤어요.
게임을 하는 도중 내가 그 남자 선배를 업어야 했는데
아마 그때 허리를 약간 삐끗한 것 같아요.
그래서 엄마가 한의원을 예약해두셨는데
아무래도 오늘은 완이에게 먼저 가봐야겠습니다.
엄마한테 한의원에는 다음에 가겠다고 하고
완이에게 문자를 보냈어요.
'나, 지금 너... 많이 보고 싶어... 우리 같이 땡땡이치자.'

사랑이... 사랑에게 말합니다.
불안해하지 말라고,
한 사람은 조금 빨리 한 사람은 조금 느리게 걸으면 다시 나란히 걸을 날이
올 거라고...

#092

전시회 가는 남자

당분간 비밀로 하자는 건 그녀의 제안이었습니다.
괜히 소문부터 나면 서로 동아리 생활하는 데 불편해질 수도 있으니까 그렇게 하자는 거였어요.
그녀와 난 요번 겨울 방학에 전시회장에서 우연히 만나 사귀게 되었습니다.
인사동 작은 화랑에서 하는 어느 사진작가의 전시회인데,
그녀가 저만치에 서서 작품을 감상하고 있는 모습이 보였어요.
사실 난 그전까지지는 그녀가 겉멋 들어 사진반에 들어왔다고 생각하고 있었거든요.
그런데 그런 그녀가 별로 유명하지도 않은 사진 전시회까지 혼자 챙겨서 다닌다는 사실이 참 놀라웠습니다.
그리고 겉보기와는 다른 그녀가… 참 멋있게 느껴졌습니다.
아마 평소 같으면 인사만 간단히 하고 헤어졌을 거예요.
그런데 그날은 왠지 그녀와 저녁을 함께 먹고 싶었습니다.
그리고 할 수 있다면 술도 한잔 가볍게 하고 싶었습니다.
"와, 이런 데서 만나다니… 전시회 자주 다녀?"
내가 다가가 물었죠.
"응? 응… 좋아하는 건 혼자서 하는 걸 좋아해. 누구랑 같이 다니면 서로 밸런스를 맞춰 감상해야 하니까 신경 쓰여서…"
"나도 그런데…"
나중에 알게 된 일인데,
사실 그날 그녀와 난… 둘 다 혼자 간 게 아니라 혼자 남겨진 거였습니다.

전시회장 문 앞까지는 둘 다 친구와 함께 갔는데
그녀의 친구도, 내 친구도 갑자기 애인의 연락을 받고는 급한 일이 생겼다고 미안하다며 가버린 거였어요.
아마 그날 전시회장에서 그녀를 만나지 않았더라면
아직까지 난 친구를 버리고 애인에게 가버린 그 녀석에게 삐쳐 있을지도 모릅니다.
무진장 섭섭했거든요. 그런데 이젠 고마워해야겠죠?
난 이제 우리 사이를 동아리 사람들에게 정확하게 밝히고 싶은데
그녀는 망설이고 있습니다.
난 이제 그녀가 다른 남자 앞에서 웃는 것도 싫고,
MT 가서 다른 남자 등에 덥석 업히는 것도 싫습니다.
지난주 주말에 사진 동아리에서 신입생 환영 MT를 갔는데
게임하다가 그녀가 현석이 등에 덥석 업히는 거예요.
그러더니 혀를 내밀고 메롱~ 하는 표정으로 나를 놀렸습니다.
나도 약이 올라 그녀에게 복수를 했어요.
내 등에 업혀 있던 신입생에게 "남자친구 있니?" 하고 물었습니다.
물론 일부러 그녀가 들을 수 있는 위치에서 말이죠.
그랬더니 조금 전에 그녀에게서 문자가 왔습니다.
'우리 사이, 이젠 세상에 널리 알리자.'

사랑이... 사랑에게 말합니다.
사랑엔 가끔 질투의 힘이 필요한 거라고,
질투하지 않는 사랑은 한 번쯤 의심해볼 여지가 있다고...

#093

라면 먹는 남자

그녀는 뭐든 싫증을 잘 냈습니다.
호기심이 많아 뭐든 잘 시작하고
일단 시작하면 처음엔 완전히 푹 빠져 지내지만
어느 정도 시간이 지나면 다 시들해졌어요.
테니스도 요가도 그랬습니다.
그리고 얼마 전에 배운 DIY 가구 만들기도 그랬어요.
"왜 그렇게 끈기가 없어? 넌 그게 문제야."
"왜 힘들게 끈기를 갖고 해야 돼? 새로운 걸 시작하면 되는데."
이런 게 그녀의 사고방식이었습니다.
그녀는... 참고 기다리고 고민하는 걸 싫어했어요.
고민한다고 해결되는 게 아니라,
일단 먼저 저지르고 나면 방법을 찾을 수 있다는 게
그녀의 방식이었습니다.
그래서 나에게도 그런 방법으로 다가온 거겠죠.
"너, 여자친구 있어? 있어도 나랑 사귀자."
참고... 기다리고... 삭이고... 그런 것에 익숙한 내게
그녀는 신선한 충격이었습니다. 혁명처럼 느껴졌어요. 그녀가...
처음 그녀는 내게 집중했습니다.
자기 학교보다 내가 다니는 학교에 오는 날이 더 많았어요.
그래서 나마저도 그녀가 마치 우리 학교 학생인 것 같은 착각이 들 정도였습니다.
우리가 자주 가던 학교 앞 분식점 알바생은 그녀와 내가 CC인 줄 알고 있어요.

"CC라서 좋겠어요.
난 남자친구가 지방에 있는 학교를 다녀서 잘 못 보는데...
라면도 같이 먹고... 오늘도 계란 빼고 드려요?"
이렇게 세상 어디보다 내 옆에 있는 걸 좋아하던 그녀가
처음 내게 온 방식 그대로... 그렇게 떠나갔습니다.
친구와 함께 사진 전시회를 보러 간 날이었어요.
불안한 신호음과 함께 그녀에게서 문자가 도착했습니다.
'이젠 널 사랑하지 않는 것 같아. 난 노력 같은 건 하지 않는다는 거 알지? 헤어지자... 너도 노력하지 마.'
친구 녀석에게 내 눈물을 들켜버릴까 봐
약속이 생겼다는 핑계를 대고 전시회장을 빠져나왔습니다.
예감하고 있었어요.
싫증 잘 내는 그녀에게 난 더 이상 호기심이 생기지 않는 재미없는 남자가 되어버렸다는 걸요.
그녀와 자주 오던 분식점에 왔습니다.
"라면 하나 주세요. 오늘은 계란... 넣어... 아니, 넣지 말구요."
그녀는 라면에 계란 풀어먹는 걸 싫어했어요.
이젠 내 방식대로 계란 넣은 라면을 먹을 수 있는데
난 아직 그녀에게서 벗어날 준비가 되지 않았나 봅니다.

사랑이... 사랑에게 말합니다.
헤어졌다는 사실을 이제 그만 인정하라고,
부둥켜안고 있으면 있을수록 심장만 조여온다고...

#094

의자 만드는 여자

'저녁 7시 영화 관람 예정. 가능하오?'

혜선 씨한테 문자가 왔습니다.

난 요즘 혜선 씨를 비롯해서 새로운 친구들과 잘 어울려 다녀요.

DIY 가구 만드는 곳에서 알게 된 사람들인데

음… 일종의 실연 클럽이라고 할 수 있죠.

현재 나를 포함한 네 명 모두 남자친구와 헤어진 상태거든요.

그중에 한 명은 헤어진 지 얼마 안 된 새내기 솔로예요.

아마 성격이 까칠해서 남자에게 채였을 거예요.

라면 하나 먹는 데도 계란을 넣니 마니… 그러거든요.

아무튼 우린 서로 진짜 고마워하고 있어요.

서로 실연을 이겨내는 데 아주 많이 힘이 되어주고 있습니다.

일단 불러내면 곧바로 나와주니까 그게 어디예요?

만약 안 그랬다면 다들 정신병원에 갔을지도 모르죠.

그 많은 시간을 방에 틀어박혀 갖가지 상상이나 하면서

무기력한 나날을 보내다가…

정말 그랬을지도 몰라요.

'지금 당장 그 사람 회사로 달려가 드라마에서처럼 멱살을 잡고

한바탕 망신을 주고 와버릴까,

아니면 그 사람 가족을 찾아가 그 사람이 얼마나 나쁜 아들인지,

못된 오빠인지 낱낱이 밝혀버릴까…' 하고

실행에도 옮기지 못할 이런 쓸데없는 공상을 하며
달래지지 않는 마음을... 달래고 또 달래다가... 말이에요.
하지만 난 그런 식으로 이별에 대처하고 싶진 않았어요.
그래서 집중할 다른 뭔가를 열심히, 아주 열심히 찾았습니다.
1초도 쉬지 않고 그 사람 생각이 났거든요.
그럴수록 난 더 독하게 집중할 수 있는 다른 뭔가를 찾았습니다.
그래서 결국 찾아낸 게 직접 내 손으로 가구를 디자인하고 만드는
DIY 가구라는 거예요.
"Do it yourself!"
이 말도 참 마음에 들었습니다.
이별의 뒷감당도... 나 스스로 해야 하잖아요.
엄마가 아무리 날 사랑해도 나 대신 이별을 앓아줄 순 없으니까요.
난 요즘 의자를 하나 만들고 있어요.
불편한 이 시간이 다 지나가고...
다시 내게 새로운 사랑이 찾아오면 그때 이 의자를 선물하려구요.
난 지난 사랑을 미련하게 붙들고 있느니
새로운 사랑을 준비하는 사람이 되고 싶어요.
참, 혜선 씨한테 답 문자를 보내야죠?
'죽을 만큼 사랑한 남자도 잊는데, 뭔들 가능하지 않겠소?'

사랑이... 사랑에게 말합니다.
이별의 특효약은 자신에게 시간을 주지 않는 거라고,
아파할 시간도 그리워할 시간도 주지 않는 거라고...

#095

엘리베이터 앞에 서 있는 여자

"이 자리... 괜찮으십니까?"

매표소 직원이 모니터를 내 쪽으로 돌려 보여주고 있어요.

"연인석이에요? 그럼 두 장 주세요."

연인... 내가 오빠와 연인이 되다니 정말 꿈만 같아요.

오빠는 차가 막혀서 좀 늦나 봐요.

그래서 서두르지 말고 천천히 오라고 했습니다.

삼 년이 넘는 시간을... 좋아한다는 내색 한 번 하지 않고 기다렸는데

이깟 몇십 분은 기다리는 것도 아니죠.

커피 한 잔 마시면서 기다려야겠습니다.

"원두커피 작은 걸로 하나 주세요."

아무리 생각하고 또 생각해도 기적 같기만 해요.

여기 이 자리에, 예전에 오빠가 앉던 바로 이 자리에 앉아

이렇게 당당하게 오빠를 기다릴 수 있게 되다니...

일 년 전쯤인가, 이 극장에서 우연히 오빠를 만난 적이 있어요.

친구와 영화를 보러 왔다가

지금 이 자리에 앉아 있던 오빠의 모습을 멀리서 보고는

도망가듯 되돌아 나갔는데...

그때는 정말 자신이 없었거든요.

오빠 옆에 앉아 있던 그녀, 나의 선배이기도 한 그녀를 똑바로 바라볼

용기가 나질 않았습니다.

왠지 그녀에게 죄를 짓는 것만 같은 기분이 들었어요.

하지만 맹세코 오빠가 그녀와 헤어지기 전까지는

단 한 번도 오빠에게 먼저 말을 건넨 적도, 먼저 웃은 적도 없습니다.

그런데 사람들은 내가 마치 오빠를 그녀에게서 빼앗기라도 한 것처럼 나를 대해요.
내 가장 친한 친구인 민선이마저도요.
그래도 괜찮아요... 다 괜찮아요...
세상 사람들 다 손가락질하고 나쁜 여자라고 욕해도
오빠만 곁에 있으면... 난 괜찮아요... 행복하니까요.
'지하 주차장이니까 금방 올라간다.'
이제 한 달도 안 된 풋풋한 나의 연인... 가슴 뛰어요.
우리 둘이 영화 보는 거, 오늘 처음이거든요.
엘리베이터 앞에서 오빠를 기다리고 있습니다.
7층, 8층, 9층, 딩동...
어, 그런데... 그런데... 오빠 모습은 보이지 않고... 그녀가... 보여요.
언니는 아직 모를 수도 있는데... 혜선 언니...
언니가 나를 발견했어요. 그리고 반가워하며 다가오고 있습니다.
"극장에서 만나니까 더 반갑네. 남자친구랑 왔어?"
"아... 아니요... 그냥... 친구랑..."
다음 엘리베이터가 올라오고 있어요. 이 일을 어쩌면 좋죠?

사랑이... 사랑에게 말합니다.
스스로 인정할 수 있는 사랑이라면 당당해지라고,
그럴 수 없다면 곧 그 사랑은 초라해질 거라고...

#096

이별을 결심하는 남자

왜 그녀는 모르는 걸까요?
자기가 나를 사람들 앞에서 그렇게 막 대하면 다른 사람도 나를 막 대하고,
그럼 자기도 아무렇게나 대해도 되는 남자의 여자친구가 된다는 걸
왜 모르는 걸까요?
한두 번도 아니고, 이젠 정말 마음의 결정을 할 때가 온 것 같습니다.
어제 그녀가 회사 동료들과 함께 영화를 보러 왔어요.
그중 얼굴이 하얗고 초록색 스커트를 입고 있던 동료 분이
"극장에서 일하시면 좋겠어요. 개봉하는 영화마다 다 보고…" 그러면서
볼 만한 영화를 한 편 추천해달라고 하더군요.
그래서 며칠 전에 보면서 '나도 저런 사랑을 해보면 좋겠다' 하고 부
러워한 영화를 한 편 추천해주었습니다.
그랬더니 옆에 서 있던 그녀가 대뜸 이러는 거예요.
"남자가 그런 영화만 좋아하니까 지지리 궁상이지…"
그래도 여기까지는 괜찮았어요. 늘 그러니까요.
문제는 영화를 다 보고 나왔는데 또 무시하는 투로 이러는 겁니다.
"우리 맛있는 거 사줄 거야? 돈 있어?"
그래서 내가 얼마 전에 월급 받아서 돈 있으니까 걱정 말라고 했어요.
그랬더니 "너무 무리하지 마. 월급도 얼마 안 되면서…" 하는 거예요.
동료들 앞에서 정말 너무하더군요.
그런데 이걸로 끝난 게 아니에요.
지하철을 타고 집까지 바래다주는데, 너무 비참해서… 내가 그랬어요.
"넌… 내가 그렇게 우습니?"
그랬더니 그녀가 이러는 겁니다.

"누가, 뭐가, 우습다는 거야? 너 그거 자격지심이다."
그녀는 내가 영화를 너무 많이 봐서 영화 속에서 산대요.
그러면서 이제 그만 현실로 나오라고 그러더군요.
아마 은행을 다니는 그녀에겐
적금 통장 하나 없이 사는 내가 참 비현실적으로 느껴지는 것 같습니다.
매표소 앞에 길게 줄을 서 있는 극장 안,
이 많은 커플 중에 나만큼 연인에게 무시당하면서 사는 사람이 또 있을까요?
'연인석'이냐고 확인하고 표를 두 장 사는 이 여자 분은 남자친구에게 참 다정할 것 같아요.
남자한테 늦는다고 전화가 온 모양인데
상냥한 목소리로 천천히 조심해서 오라고 그러네요. 부럽습니다.
아무리 생각해도 그녀와 난 맞지 않는 것 같아요.
그런데 이런 우리가, 이렇게 다른 우리가, 처음 어떻게 만나... 사랑을 하게 됐을까요?
오늘 그녀를 만나면... 헤어지자고 해야겠어요.
부디 내 결심이 흔들리지 않기를 바랍니다.

사랑이... 사랑에게 말합니다.
칭찬이 하늘에 닿을 만큼 자신의 연인을 치켜세워주라고,
자신의 연인이 존중받을 때 자신도 존중받게 된다고...

#097

많이 행복한 여자

회사 동료들 눈에도 내가 행복해 보이나 봐요.
요즘 보는 사람마다 "연주 씨, 뭐 좋은 일 있나 봐" 그러거든요.
오늘이 그 사람 만난 지 구십칠 일째 되는 날이에요.
이제 삼 일만 더 있으면 백 일입니다.
백 일 되는 날, 그 사람에게 평생 잊지 못할 선물을 해주고 싶어
며칠째 준비를 하고 있어요.
칫솔, 치약, 비누, 샴푸, 수건, 수저세트, 양말, 그리고 알람시계...
아침에 일어나서 잠들기 전까지,
그 사람의 손길이 매일 닿는 그런 것들을 잔뜩 선물하려구요.
특별함이 아닌 평범한 일상을 그에게 선물하고 싶습니다.
나도 그에게 그냥 평범한 일상이 되고 싶거든요.
선물을 한 가지씩 준비하고 있는 요 며칠 난 참 많이... 행복해요.
그 사람의 사소한 취향까지 궁금해하고 고민하는 내가... 참 좋아요.
칫솔모는 부드러운 걸 좋아할까, 딱딱한 걸 좋아할까,
비누는 레몬 향을 좋아할까, 오이 향을 좋아할까,
수저는 가벼운 걸 좋아할까, 묵직한 걸 좋아할까...
그 사람과 연애라는 걸 시작하면서부터 난 아주 많이 달라졌어요.
오늘도 그 사람이 골라준 초록색 치마를 입고 출근했습니다.
그 사람을 만나기 전까지는 늘 어두운 색만 입고 다녔거든요.
그런데 그 사람이 이렇게 말한 뒤로는 달라졌어요.
"연주 씨는 얼굴이 하얘서 컬러풀한 옷도 잘 어울릴 텐데
왜 어두운 옷만 입어요? 밝은 색 입어요. 밝아지게."
그래서 밝은 옷을 입기 시작했어요.

이 초록색 치마는 그 사람이 며칠 전 종로 지하상가에서 사준 거예요.
마네킹이 입고 있는 이 치마를 보더니
나보고 한번 입어보라고 하더라구요.
그러더니 점원에게 다가가
"이렇게 초록색이 잘 어울리는 여자 보셨어요?" 하며
뭐 하나 내세울 것 없는 날 자랑까지 해가면서 골라준 옷이에요.
신기하게도 그 사람 말이라면 뭐든 잘 듣고 싶어요.
"연주 씨는 웃을 때 살짝 보이는 윗니가 참 예뻐요."
"연주 씨도 나 만나지 않을 땐 친구들하고 영화도 보고 그래요."
그래서 다시 웃기 시작했고, 다시 사람들과 어울리기 시작했습니다.
사실 지난해 엄마가 돌아가신 후부터는 통 웃지도, 사람들과 어울리
지도 않았거든요.
오늘은 그 사람이 약속이 있다고 해서
은행 동료들과 영화를 보러 가기로 했어요.
밝은 옷을 입고, 밝은 미소를 짓고, 밝은 마음을 갖게 해준 그 사람,
그 사람이 곁에 있어 난 지금 많이 행복합니다.

사랑이... 사랑에게 말합니다.
매일매일 평범하게 사랑할 수 있다면 그것만으로 충분히 행복하다고,
사랑이 일상이 된다는 것보다 행복한 일은 없다고...

#098

메이크업 해주는 여자

아직도 집 앞에서 기다리고 있는 건 아니겠죠.

어제 분명 우린 헤어졌는데, 정말 헤어졌는데… 그 사람은 받아들이질 못하겠나 봐요.

그냥 내가 투정을 부리는 거라고 믿고 싶은가 봐요.

이제 내 심장은 그 사람과 함께 있어도 아무런 반응이 없어요.

처음 우리가 만나 서로 꿈을 이야기하고 힘이 되어주던 그땐,

멀리서 그 사람 뒷모습만 봐도 가슴이 뛰었는데…

그 사람은 마치 내 일이 자기 일인 양, 내 꿈이 자기 꿈인 양

그렇게 나를 이끌어주고 도와주었어요.

그 사람은 메이크업 아티스트를 꿈꾸는 나를 위해 자기 얼굴을 기꺼이 내주었고,

난 그 사람 얼굴에 분홍색 아이섀도를 칠하고 빨강색 립스틱을 바르며 꿈을 키워나갔습니다.

그때 우린 정말 달콤한 연인이었는데

이젠 달지도 쓰지도 않은 아무런 맛이 느껴지지 않는 무미건조한 연인이 되어버렸네요.

아니, 이제 우린 연인이 아니죠. 헤.어.졌.으.니.까…

당분간 열심히 일만 하고 싶어요.

난 마네킹에게 표정을 만들어주고 감정을 만들어주는 일을 하고 있어요.

마네킹 메이크업 아티스트라고 하는데,

사실 난 이런 일을 하는 사람들이 있는지도 몰랐어요.

그런데… 그 사람이 추천해줬습니다.

어느 날 분장 아카데미 원서를 가져와서는 나보고 마네킹 분장사를

해보면 어떻겠느냐고,

내 적성에도 잘 맞고 앞으로 비전도 있을 것 같다면서

적극적으로 밀어줬어요.

그날 그와 함께 원서를 쓰면서 난 이미 마네킹 분장사가 되어 있는 듯 했어요.

그리고 몇 년이 지난 지금, 난 진짜 마네킹 분장사가 되었습니다.

며칠 전 내 첫 작품이 팔려나갔어요.

종로 지하상가에 있는 어느 옷집으로...

그래서 오늘 퇴근길에 일부러 종각역에 내려 쭉 둘러봤어요.

작업실 선배 분장사와 함께.

내 마네킹이 흰 블라우스에 초록색 스커트를 입고 서 있더군요.

아마 내가 초록색 아이섀도를 해놔서 그런 것 같아요.

내게 매일 살아 있는 마네킹이 돼준 사람...

아마 그 사람... 평생 잊지 못할지도 몰라요.

내 인생의 길을 결정해준 사람이니까요.

하지만 그렇다고... 그 사람을 사랑하는 척할 수는 없잖아요.

창문을 열어 보니 저 밑에 아직 그 사람 차가 보이네요.

서로 좋은 사람으로 기억될 수 있을 때

그 사람이 날 포기해주었으면, 우리의 이별을 인정해주었으면 좋겠습니다.

사랑이... 사랑에게 말합니다.

마네킹에게 생명을 불어넣듯 사랑에도 생명을 불어넣으라고,

이만큼 함께한 추억이 쌓인 연인을 다시는 만들 수 없다고...

#099
넥타이 고르는 남자

지금 석호 녀석 결혼식에 가는 길이에요.
녀석이 올 사람은 다 온다면서 평일 저녁 시간을 잡았더라구요.
오늘은 술도 한잔 할 것 같아서 주차장에 차를 두고
작업실 후배와 함께 지하철을 타고 가는 중입니다.
난 세 달 전쯤 결혼을 했습니다. 연애는 짧게 했어요.
아내가 먼저 내게 청혼을 했어요. "우리 같이 살자."
쿨한 그녀가 마음에 들었습니다. 그래서 그러자고 했죠.
아내는 백화점 디스플레이어고, 난 마네킹 분장사입니다.
지난 가을 부산에 있는 백화점에서 같이 일을 하면서 만났어요.
작업실 후배가 자기 첫 작품을 보러 종각 지하상가에 간다고 해서
나도 함께 내렸습니다.
어차피 예식장이 종각역에서 좀 걸으면 되니까 잠깐 들렀다 가려구요.
오늘 아침, 넥타이를 열심히 고르는 나에게
아내가 자기도 예식장에 가야 되느냐고 물었습니다.
그래서 그냥 집에 있으라고 했어요. 그럴 만한 이유가... 있거든요.
석호 녀석한테 언뜻 듣기로 오늘 들러리가 있는데
신랑 측에선 과 후배인 민구, 남현이, 진수가 서고,
그리고 신부 측에선 아는 동생 세 명이 서는데
그중에 주비...라는 이름이 있었습니다.
분명 그녀의 이름이 포함되어 있었어요.
이름이 워낙 특이하니까... 그녀가 맞을 거예요.
석호 와이프 될 사람을 아주 예전에 한 번 만난 적이 있어요.
주비와 같은 잡지사에서 일하는 선배거든요.

석호가 와이프 될 사람이라고 소개해주는 자리에서
제수씨가 나를 보자마자 알아보더군요.
"예전에... 우리 만난 적 있죠? 주비..."
오늘 커다란 해바라기가 그려진 넥타이를 하고 나왔어요.
이 해바라기 넥타이는 그녀가 직접 디자인하고 염색한 넥타이라고 하면서 내게 선물한 겁니다.
오늘 이 넥타이를 하고 나온 건, 그냥... 그녀에게 작은 위안이나마 되고 싶은 마음에서예요.
석호에게 듣자 하니 그녀는 아직 나를... 잊지 못하는 것 같다고 그러더군요.
그런 그녀에게 나 혼자 잘사는 것처럼 보이고 싶지 않은,
그녀를 비참하게 만들고 싶지 않은 내 작은 배려일 뿐입니다.
그래서 집에 있는 아내에게도 미안하지 않아요.
솔직하게 말했어도 내 아내는 이해해줬을 겁니다. 쿨한 여자니까요.
오늘 그녀는 내가 입혀주지 못한 드레스를... 환하게 입고 있겠죠.
저기 신부 대기실에서 그녀가... 걸어 나오고 있습니다.
눈부시게 아름다운 그녀...
그런데 왜 자꾸만 목구멍이 따끔거리는 걸까요?

사랑이... 사랑에게 말합니다.
그녀를 보고 환히 웃어주라고,
지난 사랑을 소중히 여기는 사람이 지금의 사랑도 소중히 여길 줄 아는 사람이라고...

#100

다림질하는 남자

아는 사람도 아니고, 입을 만한 양복도 없어서 안 가겠다고 했는데
그녀는 오늘 아침까지도 전화를 해서는 오라고 난리네요.
옷장을 뒤져보니 철 지난 양복들뿐입니다.
게다가 제대하고 복학한 지 얼마 안 돼서 유행 지난 옷들뿐이에요.
할 수 없죠. 이거라도 입고 가야죠.
물을 한 모금 입에 물고, 푸우 하고 뿜어댔습니다.
다림질, 참 오랜만에 해보네요.
군대 있을 때 해보곤 제대해서는 처음 하는 것 같아요.
이 양복도 언제 입었는지 기억이 가물가물합니다.
주머니에 뭔가 들어 있는데요... 아니, 이게 왜 여기에 들어 있죠?
사랑하는, 아니 한때 사랑한 여자에게 받은 유일한 편지. 이별의 편지.
맞아요, 이제 기억이 납니다.
입대하기 전날 이 양복을 입고 현아를 만났어요.
아르바이트해서 모은 돈으로 현아가 가보고 싶어 하던
'바이킹스'라는 곳에 가서 로브스터를 먹었는데,
그녀를 바래다주고 돌아오는 길에 이 편지를 받았습니다.
영수증까지 그대로 들어 있네요.
현아와의 마지막을 고스란히 간직하고 싶은 내 마음이겠죠.
그녀에게서 문자가 왔어요. '늦지 말고 와야 돼! 꼭!!'
서둘러 양복을 챙겨 입고, 그녀의 선배 언니 결혼식장에 왔습니다.
그런데 몇 번 전화를 해도 그녀가 받질 않네요.
아니, 아는 사람도 하나 없는 결혼식에 오라고 해놓고는
이거 너무하는 거 아닌가요?

예식이 시작됐습니다. 도대체 그녀는 어디에 있는 걸까요?
어... 그런데 저 여자... 어디에서 많이 본 듯한데요.
들러리 두 번째에 서서 얌전하게 걸어가는 저 여자요.
분홍빛 드레스에 긴 머리를 옆으로 땋아 늘어뜨리고,
화사하게 볼이 빛나는 여자...
그녀예요... 그녀가 맞죠? 내가 잘못 본 거 아니죠?
이 일 때문이었군요. 어쩐지 며칠 전부터 잔뜩 들떠 있더라구요.
다이어트한다고 그 좋아하는 밥까지 굶고 그러더니...
어제도 그 순두부 집에 갔는데, 처음 내가 그녀에게 고백한 그 집이요.
그런데 침을 꿀꺽꿀꺽 삼키면서도 국물 한 순가락 입에 안 대더라구요.
내 뚝배기에 계란만 하나 툭, 깨뜨려 넣어주고는
하나도 먹지 않고 쳐다보기만 하더라니까요.
그게 다 나한테 이렇게 예쁜 모습 보여주고 싶어서 그런 거라고 생각하니까 기특한데요.
이제 다시는 예전 여자 생각 같은 건 하지 않을 겁니다.
지금 내 눈앞에... 저렇게 아름다운 내 여자가 서서... 날 보고 웃고 있는걸요.
장미 백 송이를 받고 싶어 하는 그녀에게
오늘부터 한 송이씩 백 일 동안 선물해야겠습니다.

사랑이... 사랑에게 말합니다.
당신의 사랑은 어느 시간을 살고 있느냐고,
지금 이 순간 당신 앞에 놓인 그 사랑이
세상에서 가장 소중한 사랑이라고...

사랑이 사랑에게